KB153954

진달래꽃 다시 읽기

『진달래꽃』 다시 읽기

김만수 지음

강

| 머리말 |

김소월의 시집 『진달래꽃』은 1925년 매문사에서 첫 시집이 발간된 이래, 정확한 집계가 불가능할 정도로 여러 차례 발간되었다. 본격적인 전집을 표방한 것만으로도 김종욱, 윤주은, 오하근, 오세영, 김용직, 최동호, 김인환에 의해 편집된 것들이 있는데, 전집을 포함한 시집 『진달래꽃』을 합하면 최소 100권을 상회한다. 우리는 시집 『진달래꽃』이 한국인의 대표적인 애송 시집이며 김소월이 모든 사람들로부터 사랑을 받는 국민 시인이라는 점에 전적으로 동의한다.

필자는 2003년 『민족문학사연구』에 「김소월의 『진달래꽃』과 샤마니즘—굿의 구조와 관련하여」라는 논문을 발표한 적이 있다. 이 논문을 통해 김소월의 『진달래꽃』이 굿의 구조와 흐름을 따르고 있다는 점을 주장한 적이 있는데, 모험적인 작업이지만 읽는 재미가 만만치 않다는 가외의 칭찬을 듣기도 했다. 필자가 전공으로 삼고 또 박사학위를 받은 분야는 한국 희곡과 연극에 관한 부분인데, 한국의 근대시를 굿과 드라마의 관점에서 본 게 참신한 시각으로 받아들여진 게 아닌가 생각한다.

공교롭게도 2002년 당시는 소월 탄생 100주년에 해당하는 해여서, 김소월의 문학을 재조명하는 여러 행사가 진행되고 있었다. 김소월에 관한 문학 심포지엄과 관련 공연 행사를 기획하는 분들이 모인 자리에 우연히 끼게 된 필자는 김소월의 시집 『진달래꽃』은 '한판의 굿'과도 같으니, 그냥 제1편부터 제126편까지 그대로 낭송하기만 해도 훌륭한 무대가 될 수 있을 것이라고 주장했지만, 주장하는 필자 자신도 이미 취해 있었으니 너저분한 술판의 분답 속에서 내 의견이 묻혔을 것은 당연하다. 어쨌든 그 논문을 완성하면서 김소월 시 공부를 찬찬히 제대로 해보아야겠다는 다짐을 했는데 생각만 가진 채, 10여 년의 시간이 흘러버렸다.

어렸을 적, 옆집에 큰 부자가 살았다. 시내에서 남부러울 게 없는 부잣집이었는데, 웬일인지 자주 굿판을 벌이곤 했다. 집터가 흉하다는 무당의 말을 따라 기와집 한 채를 아예 들어 방향을 바꾸기도 했는데, 바뀐 방향의 집 형세가 하필 우리 집 마당을 향해 내려다보는 형국이어서, 어린 나이에도 뭔가 울컥하는 심사가 있었던 기억이 난다. 옆집에서 징소리가 울리고 요란한 복색의 무당이 두어 시간쯤 정신없이 춤을 추는 것을 지켜본 날 밤에는 어김없이 악몽을 꾸었다. 예의 무당이 나타나 어린 나를 괴롭혔다. 가난 때문에 사는 게 힘들었던 시절, 무당의 모습은 집안 곳곳에서 들려오는 가족들의 한숨과 넋두리와도 섞여 정말 견디기 힘들었다. 내게 무당은 직업적인 샤먼도 예술가도 아니었고, 한숨과 비통, 무지와 절망으로 가득 찬, 내 유년 시절인 1970년대의 환유였다.

그토록 무서워하던 무당의 모습이 다시 내 앞에 나타나기 시작한 것은 비교적 최근의 일이다. 삶은 죽음에 대한 사유를 통해 너욱 충실한 것이 될 수 있으리라는 것, 나 자신의 몸에도 이미 삶과 죽음이 공존하고 있다는 것, 슬픔과 고통에 의해 삶은 더 풍부해지고 근원적이 될 수도 있으리라는 생각들이 연극과 신화학을 공부하면서 조금씩 자리 잡혀갔다. 문학은 상처 입은 자들의 자기 치료 방식이라는 점을 아리스토텔레스와 수전 손택을 통해 배웠고, 미르치아 엘리아데와 조셉 캠벨 등을 통해서도 고통과 슬픔, 불안과 공포 등의 감정이 얼마나 인간을 승화시킬 수 있는지에 대한 이론적 배경을 마련할 수 있었다.

이제 내 가슴속에는 큰 무당이 자리 잡게 되었으니, 그가 바로 시인 김소월이다. 김소월의 부친이 정신착란의 증세를 앓았다고 하니 김소월에게도 이런 병력이 이어지지 않았을까 식의 호기심 따위는 아예 제쳐놓았지만, 김소월이야말로 그 시대 인간과 사회의 고통을 죽은 자와의 영매(靈媒) 체험을 통해 드러내고 있다는 확신은 갈수록 커졌다.

많은 사람들이 현대시 읽기를 어려워하기도 하고 아예 회피하기도 한다. 주어진 시 한 편을 달랑 앞에 놓고 마치 '숨은그림찾기' 하듯 숨은 의미를 찾아내는 독서법이 고등학교 때까지의 시 읽기 수업이었으니 졸업과 동시에 시를 버리는 것은 당연할지도 모른다. 그런데 시를 쉽게 읽을 수 있는 방법이 딱 하나 있다. 나만의 방식일지 모르지만, 그냥 시집 한 권을 앞에서부터 천천히 읽어나가면 된다. 조금 어렵거나 이해하기 힘든 부분이 나오면 그냥 건너뛰면 된다. 시집에 실린 시들은 한편으로는 직진하고 한편으로는 우회하면서 시집 한 권의 우주를 조용히 펼쳐 보인다. 독자는 그 여정을 편하게 따라가면 되는 것이다.

이 책은 김소월의 시집 『진달래꽃』을 제1편에서 제126편까지

(127편으로 보는 견해도 있음) 그대로 따라 읽는 전략을 취했다. 독자에 따라서는 필자의 관점보다 김소월의 시 자체에만 관심을 가질 수도 있을 것이다. 그러나 필자의 안내를 받아들여 시를 읽으면, 김소월 시에 드러난 슬픔의 정서가 과연 무엇이었는지에 대한 시사를 얻을 수 있을 것이라는 희망을 가져본다.

시를 읽을 때 원형을 손상시키지 않는 일은 너무도 중요하다. 그러나 김소월의 『진달래꽃』은 우리가 현재 사용하고 있는 한글 맞춤법이 적용되기 훨씬 이전의 것이어서(벌써 90년이 흘렀다!), 원형 그대로 읽는 것이 너무 힘들다. 특히 띄어쓰기의 경우, 당시의 표기를 존중할 것인가, 아니면 지금의 원칙대로 할 것인가에 대한 고민에 봉착한다. 소월의 시는 기본적으로 7·5조의 율격을 가지고 있는데(예를 들어 "나 보기가 역겨워"의 7자 다음에 "가실 때에는"의 5자가 이어진다), 현대의 표기대로 엄격한 띄어쓰기를 적용하면 7·5조의 상당 부분이 감춰진다는 고민이 따른다. 필자는 쉽고 편하게 읽혀야 한다는 원칙에 따라 현대의 독서 대중이 가장 편하게 읽을 수 있도록 고치되, 때에 따라서는 원형을 보존하는 방식도 병행하는 쪽을 택했다. '아내'라고 고치는 것보다 '안해'라는 표기를 그대로 남긴 경우도 있었고, '소리' 대신 '소래'라는 옛 표기를 고집하기도 했다. 이 정도의 표현은 따로 해설을 하지 않더라도 현대의 독서 대중들도 이해할 수 있으리라는 생각에서였다. 또한 "뜰에는 반짝이는 금모래빛"과 같은 경우에도, 원형을 중시하여 "뜰에는 반짝는 금모래빛"을 살렸다. 내 생각으로는 '반짝이는'보다 '반짝는'이 더 '반짝'였기 때문이다. 여러 전문가들의 노력에도 불구하고 아직 그 의미가 해명되지 않은 어휘나 표현은 선부른 해석 대신에 그냥 그대로 남겨두는 편법을 쓰기도 했다. 서툴고 위험한 해석보다 그냥 남겨두는 게 좋다는 판단에서였다.

또 하나의 문제는 시에 등장하는 '나'에 대한 언급이다. 우리는 일상적으로 시에 등장하는 '나'가 시를 쓴 사람이며, 『진달래꽃』에 등장하는 '나'도 당연히 시인 김소월 자신이라고 생각한다. 그러나 허구적인 창작물에서 '나'는 시인 자신과 엄밀하게 구분되어야 하며, '나'를 시인 자신과 구분해보려는 노력이야말로 객관화를 위해 반드시 거쳐야 할 단계이다. 그래서 다소 불편하지만, 시에 등장하는 '나'를 설명할 때에는 '시적 주체', '시인', '나' 등의 표현을 맥락에 따라 혼용하는 방식을 취했다.

뒤에서 여러 차례 반복되겠지만, 필자는 시집 『진달래꽃』 전체를 한판의 굿으로 일관되게 설명하고자 했다. 무당은 죽은 자의 영혼을 현실의 세계로 불러오기 위해 귀신을 호명하고 이승의 세계로 초청한다. 혹 귀신이 이승의 세계로 돌아오는 것을 주저한다면, 이번에는 무당이 과감하게 죽은 자의 세계로 뛰어들어야 한다. 이러한 과정이 시집 『진달래꽃』의 앞부분에 해당한다. 그다음 부분은 이승의 '나'가 죽은 자들의 혼령과 만나는 순간이다. 이러한 접신(接神)의 상태는 무당굿의 하이라이트인 셈인데, 시집 『진달래꽃』의 중간 부분은 여기에 해당한다. 간단히 정리하자면 이 시집의 앞부분에 실린 시들은 귀신을 불러오기 위해 그들을 간절하게 부르는 시인데, 일종의 연애시처럼 달콤한 유혹으로 채워져 있는 게 특징이다. 그러나 귀신과 만난 이후의 '나'의 모습은 돌변한다. '나'의 외침과 중얼거림은 마치 무당의 신들린 언어와 같이 거침없고 위험하다. 당신의 이름을 부르다가 내가 죽어도 좋다는 식의 절규야말로 이 대목의 절정인 「초혼」에 해당한다.

필자는 전자의 시는 달콤하지만 유치하며, 후자의 시는 격정적이지만 위험하다고 판단했다. 그렇다면 가장 좋은 시는 시집 『진달래꽃』의 후반부에 있지 않을까. 후반부의 시들은 귀신을 그들의 세계로 돌려보내기 위한 시들이다. 당신의 원통한 사연을 충분히 들어주었으니, 이제 당신들은 당신들의 세계로 돌아가라는 것이다. 당신들이 속한 세계는 이 세상(이승)이 아니라 저 세상(저승)이라는 것. 당신들은 죽은 자이며, 망자(亡者)라는 것. 당신들은 동양식의 표현으로는 황천(黃泉)에, 서양식의 표현으로는 망각의 강 레테(Lethe)를 넘어선 존재라는 것. 당신들이 편하게 그 세계로 돌아가야 이승에 남아 있는 '나'도 살아갈 수 있다는 것.

필자는 이번 연구의 키워드를 '이승과 저승의 거리'로 정했다. 편하게 살려면 이승과 저승의 거리는 멀어야 한다. 그러나 그 거리가 가깝든 멀든, 인간은 그러한 조건에서 살아간다. 김소월의 시집 『진달래꽃』이 펼쳐 보이는 시의 세계는, 아니 무당굿의 세계는 그 위험한 경계를 무대로 삼고 있는 것이다.

이 책의 2장은 온전히 『진달래꽃』에 실린 시 전체를 다시 읽어나가는 일에 할애했는데, 3장에서는 삶과 죽음, 이승과 저승의 경계에 대한 약간의 보론(補論)을 삽입했다. 필자는 이러한 논의를 통해 우리 주변에서 벌어지고 있는 '죽음에 대한 조롱 혹은 망각'의 풍조를 반성하고자 했다. 생명과학과 기계공학의 발달로 인해 인간-기계 사이의 경계가 점차 흐려지고 있는 듯도 하다. 마모되어가는 신체는 여러 가지 보형물로 대체되고 마침내는 인간 자체가 사이보그를 닮아간다. 현대의 물질적 풍요와 과학문명에 기반한 자신감이 인간의 가장 근원적인 조건인 죽음조차 망각하게 만들고 있는 듯하다. 죽어도 죽지 않는 좀비들이 영화판을 휩쓸고 있는 것도 이와 관련된 것은 아닐까. 죽어도 리셋 버튼 하나로 다시 시작되는 컴퓨터 게임의 세상에 우리는 너무도 익숙해진 건 아닐까. 종교, 신화 등에 대한 지식이 짧아 깊이 있는 분석이 이루어지지 못했지만, 이번 기회에 물질적 풍요와 육체적인 웰빙에만 집착하는 미성숙의 현대인들에게 가난과 고통, 상처와 죽음 등의 어두운 그림자가 오히려 인생을 충만하게 해줄 수도 있다는 전언을 전할 수 있었으면 한다.

김소월의 시는 여러 차례 대중가요를 통해서 널리 대중화되었다. 동요 「엄마야 누나야」는 물론, 정미조의 「개여울」, 홍민의 「부모」, 장은숙의 「못 잊어」, 활주로의 「세상 모르고 살았노라」, 건아들의 「예전엔 미처 몰랐어요」, 마야의 「진달래꽃」, 인순이의 「실버들」 등등. 필자의 고교 시절, 활주로의 노래 「세상 모르고 살았노라」를 자주 불렀던 것으로 기억된다. 정말이지 나는 세상 모르고 살아온 듯하다!

현실성이 떨어지는 생각이지만, 이 책은 본격적인 학술서보다는 대중적인 독서물로 읽혔으면 하는 바람이다. 필자가 이 책을 통해 전하고자 하는 감정에 공감하는 독자와 세대도 있었으면 한다. 1979년 당시 최정상의 록밴드였던 활주로가 김소월의 「나는 세상 모르고 살았노라」를 부르고 있었으니, 지금의 유행 감각으로 봐서는 대단한 시대착오이리라. 그러나 그 시대착오를 살았던 우리 세대에게, 그리고 모든 세대의 그늘과 고통들에게 이 책이 조금이라도 추억거리와 위안이 되었으면 한다.

| 차례 |

1장

서론

김소월의 시집 『진달래꽃』을 본격적으로 읽기에 앞서 김소월의 생애와 『진달래꽃』의 생성 배경을 아는 일이 필요할 것이다. 서론에서는 이에 대한 내용을 간략하게 다루기로 한다.

김소월을 다시 읽는 이유

그러니까 사람들은 살기 위해 이 도시로 온다. 그런데 내 생각에는 사람들이 여기서 오히려 죽어가고 있는 것 같다. 나는 밖으로 나갔다. 많은 병원을 보았다. 어떤 사람이 비틀거리다가 쓰러지는 것을 보았다. 그 사람 주위로 사람들이 몰려들었기에 그 후의 일은 보지 않아도 되었다. (……)

오늘날 훌륭하게 완성된 죽음을 위해 무언가 하려는 사람이 아직도 있겠는가? 아무도 없다. 심지어는 세심하게 죽음을 치를 능력이 있는 부자들조차 무관심하고 냉담해지기 시작했다. 이제 자신만의 고유한 죽음을 가지려는 소망은 점점 희귀해진다. 시간이 조금 더 지나면 그런 죽음은 고유한 삶이나 마찬가지로 드물게 될 것이다. "자, 너무 애쓰지 마세요. 이것이 당신의 죽음입니다, 선생." 이제 사람들은 그때그때 자기에게 닥쳐온 죽음을 맞는다. 사람들은 이제 자신이 앓고 있는 병에 딸려 있는 죽음을 각각 맞이한다. (……)

예전 사람들은 열매 속에 씨가 들어 있듯 자신 안에 죽음을 품고 있음을 알고 있었다. 어린아이들은 작은 죽음을, 어른들은 큰 죽음을 자신 속에 지니고 있었다. 아이를 가진 여인이 가만히 서 있을 때면 얼마나 우수에 찬 아름다움이 느껴지는가. 무의식적으로 가느다란 손을 올려놓고 있는 그녀의 커다란 몸속에는 두 개의 열매가, 아이와 죽음이 들어 있다. 펑퍼짐한 얼굴에 감도는 진지하고 거의 풍요롭기까지 한 미소는 그들이 자신 안에서 두 개의 열매가 자라나고 있음을 느꼈기 때문이 아니었을까?*

릴케의 소설은 시작부터가 범상치 않다. 사람들은 살기 위해 도시로 오는 것 같지만, 결국 여기서 죽어간다는 것이다. 그의 사유는 곧 '훌륭하게 완성된 죽음'이 존재하는가에 대한 반성으로 이어진다. 사람들은 자신의 죽음에 대해서조차 무관심하고 냉담하다는 것. 드디어 시인 릴케는 자신의 몸속에 들어 있는 "두 개의 열매" 중 더욱 끔찍한 하나, 즉 죽음에 대해 글을 쓰기 시작한다. '존재의 불안'에 대한 그의 깨달음은 "나이를 먹는 것이 그래서 나는 좋다"는 생각으로 이어진다. 나이가 들어야 죽음, 그리고 죽음을 불러들이는 불안한 존재에 대해 추억할 수 있다는 것. 이와 같은 '훌륭하게 완성된 죽음'을 향한 그의 지향점이야말로 릴케 문학의 주제가 된다.

죽음을 사유하고 죽음과 교통하는 자는 누구인가. 종교학에서는 이를 범칭하여 샤먼(shaman)이라 부른다. 엘리아데에 의하면, 샤먼은 삶과 죽음의 세계를 연결하는 매개자(mediator)이며 주술사(magician)이며 주의(呪醫, medicine man)이다. 또한 영혼의 안내자(psychopomp)이며 사제(priest) 노릇도 하고 때로는 시인

* 라이너 마리아 릴케, 김용민 역, 『말테의 수기』, 책세상, 2000, 9~23쪽.

(poet) 노릇도 한다.*

이러한 엘리아데의 규정에 따른다면, 다음과 같은 시를 쓴 사람을 샤먼이라고 불러도 되지 않을까.

엄마야 누나야 江邊 살자
뜰에는 반짝는 金모랫빛,
뒷門 밖에는 갈잎의 노래
엄마야 누나야 江邊 살자.

이 시는 시집 『진달래꽃』에 실린 126편의 작품 중 끄트머리에서 두번째에 해당하는, 즉 125번째의 작품이다. 동요 「엄마야 누나야」로 알려진 이 시는 우리의 마음속에 작곡자가 누구인지조차 기억하지 못할 정도로 무심하게, 너무 오래되어 빛이 바랜, 그리하여 형체조차 알 수 없는 깊숙한 슬픔으로 각인되어 있다. 어느 비평가는 이 시에 대해 "김소월은 늘 한을 노래하지만 모처럼 밝고 긍정적인 시를 썼다"는 식의 해설을 가한 바 있다. 그러나 필자는 물론, 김소월의 시를 무심하게 즐겨왔던 독자라면 이러한 해석이 얼마나 깜짝 놀랄 만한 오독(誤讀)인가 직감적으로 알 것이다.

1970년대에 두 명의 인기 가수가 라이벌을 형성하고 있었다. 나훈아가 한국인의 내면에 깊이 흐르는 슬픔과 한의 감정에 호소하고 있었다면, 남진은 좀더 현대적이랄까 도시적인 감성에 호소하고 있었다. 남진의 히트곡 중에 「님과 함께」가 있다.

---

* 미르치아 엘리아데, 이윤기 역, 『샤마니즘 — 고대적 접신술』, 까치, 1992, 23~28쪽.

저 푸른 초원 위에 그림 같은 집을 짓고
사랑하는 우리 님과 한백년 살고 싶어
봄이면 씨앗 뿌려 여름이면 꽃이 피네
가을이면 풍년 되어 겨울이면 행복하네

멋쟁이 높은 빌딩 으시대지만
유행 따라 사는 것도 제멋이지만
반딧불 초가집도 님과 함께면
나는 좋아 나는 좋아 님과 함께면
님과 함께 같이 산다면

김소월의 「엄마야 누나야」를 피상적으로 읽으면(오독하면), 그 이야기는 남진의 대중가요 「님과 함께」와 상당 부분 닮았다는 점을 알게 된다. 둘 다 멋진 곳에 가서 행복하게 살자는 내용을 담고 있기 때문이다. 그런데 아무리 보아도, 남진의 「님과 함께」는 밝고 긍정적이지만, 김소월의 「엄마야 누나야」는 슬프다. 물론 엄마와 누나와 함께 강변에 가서 살자는 것, 이는 행복한 삶을 지향하는 희망의 노래로 읽을 수도 있다. 그러나 한국인이라면 어느 누구도 이 시를 희망의 노래로 읽지 않는다. 이 시에는 뭔지 설명하기 힘든 슬픔이 깔려 있다.

대부분의 독자들은 아마도 엄마와 누나는 죽었을 것이며, 이승에 머물고 있는 시적 주체인 '나'가 나중에 죽어 저승에 가서 엄마와 누나를 다시 만난다면, 그때는 금모래가 반짝이는 강변에서 함께 행복하게 살자는 아이러니의 감정으로 이 시를 읽을 것이다. 이 시를 쓸 당시 소월의 '엄마'는 아직 살아 계셨으며, 애초부터

소월에게는 '누나'가 없었다는 사실을 잘 알고 있는, 좀더 전문적인 독자라 할지라도 이 시를 읽을 때만큼은 '엄마'와 '누나'의 죽음을 전제하게 될 것이다.

'나'는 타향에 나와 고생 중이며, 다시 고향에 돌아가서 엄마와 누나를 만난다면 그때는 강변에 가서 행복하게 살자는 식의 가벼운 염원으로 이 시를 읽는 것이 가장 정상적(?)이고 상식적인 해석일 수는 있다. 그러나 시를 이런 상식의 수준으로만 읽을 수는 없다는 게 필자의 생각이다.

우리는 시에서 한 인간의 가장 깊은 내면을 만난다. 그리고 그런 만남을 위해서라면, 독자는 좀더 적극적으로 시의 심층으로 내려가야 한다. 오르페우스(Orpheus)는 독사에게 물려죽은 아내 에우리디케(Eurydice)를 찾아 죽은 자들의 세계인 명부(冥府)까지 내려가지 않았던가. 필자는 김소월 시집 『진달래꽃』 전체를 죽음의 시각에서 해석하고자 한 것이다. 필자가 굳이 시집 『진달래꽃』의 모든 시를 다시 읽겠다고 하는 이유는 여기에 있다.

이상하게도, 김소월의 시는 언제나 슬프다. 그리고 거기에는 늘 슬픔의 원인인, 사랑하는 사람의 죽음이라는 상황이 깔려 있다. 다시 정리하자면, 김소월의 모든 시에는 죽음이 깔려 있다! 김소월의 모든 시에는 귀신이 살아 있다!

필자는 이 두 번의 느낌표를 확인하기 위해 김소월의 시집 『진달래꽃』의 첫 장을 열어나가기 시작할 것이다.

시인 김소월

시인 김소월의 생애사 복원이 이 글의 주된 관심사는 아니다. 그러므로 김소월에 대한 소개는 아래의 간략한 '연보'로 대체한다.

1902년(음력 8월 6일): 평북 정주군 출생. 본명은 정식(廷湜). 공주 김씨.

1909년~1913년: 남산학교 재학.

1917년~1921년: 오산학교 중학부. 이때부터 스승 김억의 영향으로 시를 씀.

1917년: 홍상일과 결혼. 위로 딸 둘과 아래로 아들 넷을 낳음.

1920년: 「낭인의 봄」 등을 『창조』에 발표하면서 문단에 데뷔.

1922년~1923년: 배재고등보통학교 재학.

1923년: 동경대학 상대에 입학하기 위해 도일했으나 관동대진재로 돌아옴.

1925년: 김억 발간의 『가면』지의 자금난을 해소하기 위해 김억에게 시집 원고와 일체의 권리를 양도하여 『진달래꽃』 발간.

1926년: 낙향하여 평북 구성에서 동아일보 지국을 경영함.

1934년(12월 24일): 음독자살함. 묘소는 구성군 남시에 있음.

1939년: 『소월시초』가 김억에 의해 간행됨.

1948년: 『소월민요선』이 김억에 의해 간행됨.*

김소월의 생애에 대해서는 많은 연구가 이미 진행되었지만,** 이 책에서 진행될 논의를 위해서 몇 가지 보완 설명하거나 짚고 넘어가야 할 지점이 있다.

첫째, 출생지와 집안의 내력에 대한 부분이다. 위 오하근의 연보와는 달리, 이후 여러 차례의 고증을 통해 김소월은 평북 구성의 외가에서 태어났으며 백일 후 고향인 평북 정주로 돌아온 것으로 수정되었다. 외가에서 아이를 낳는 것은 며느리에 대한 배려일 수도 있고, 혹은 외가에서 낳아야 순산할 수 있고 아기가 건강할 수 있다는 속설에 따른 것일 수도 있는데, 어쨌든 소월의 출생지는 평북 구성으로 수정하는 게 정확하다. 소월의 시에는 평안북도의 삭주, 구성, 정주가 자주 언급되는데, 어쨌든 이들 시의 배경이 외가와 본가를 왕래하는 지역, 다시 말해 압록강과 청천강, 그리고 산수갑산으로 이어지는 평북이 그의 시의 모태임은 분명하다.

둘째, 집안의 내력이다. 소월은 비교적 부유한 환경에서 유아기를 보냈는데, 세 살 무렵 부친이 처가 나들이를 하다가 사소한 시비 끝에 철도 공사장의 일본인 목도꾼들에게 집단폭행을 당하고

* 오하근, 『정본 김소월전집』, 집문당, 1995, 369쪽.

** 김소월 평전, 혹은 전집 해설의 형태로 제출된 김소월의 생애에 대한 연구사는 참고 문헌으로 대치함. 계희영의 회고, 오세영·김용직·김학동의 연구가 대표적이다.

그 일로 정신질환을 앓았으며,* 거듭된 사업 실패로 인해 집안이 급속하게 몰락하였으며 소월은 이후 어두운 소년 시절을 보냈다고 한다. 어머니는 문맹이었기 때문에 소월의 탐구욕을 채워주지 못했는데, 숙모 계희영이 틈틈이 이야기해준 고대소설과 설화 등이 소월의 상상력을 자극하고 문학의 길을 열어주었다고도 전해진다. 이 이야기는 대부분 숙모 계희영이 쓴 자전적 기록에 근거하고 있다.**

자전적 기록은 결핍된 부분을 메워나가는 데에 결정적인 도움을 주지만 그 기록 전체를 사실로 받아들이는 것은 위험하다. 어렸을 때 접한 이야기와 책들이 상상력의 중요한 원천이 될 수 있다는 점에는 공감하지만, 그 원천을 한 사람의 몫으로 돌리는 것은 적절하지 않다. 성장하는 동안 얼마든지 다른 요소가 더 결정적으로 작용할 수도 있기 때문이다.

부친이 일본인의 폭행에 의해 정신질환을 앓았다는 내용도 한번쯤은 의심해보아야 한다. 이미 경미한 정신질환이 있었고 그 사건으로 인해 질환이 증폭되었다고 볼 수도 있기 때문이다. 지금으로서는 선불리 판단할 수 없는 부친의 정신병력을 새삼, 무리하면서

---

* 북한의 문학사에서는 일본인의 폭행을 더욱 강조한다. "일제놈들은 남산봉 뒤쪽에다가 철도 공사판을 벌여놓았다. 놈들은 공사판에 부역을 나오라고 매일같이 사람들을 못살게 굴었다. 그러나 마을 사람들은 이에 응하지 않았다. 약이 오른 놈들은 마을의 몇몇 청년들에게 불의에 폭행을 가함으로써 조선 사람의 기세를 꺾으려 하였다. 놈들은 마침내 소월의 부친 김성도, 지금의 김송하 노인의 부친 김경로, 그리고 김문선 등에게 생트집을 붙여 집단폭행을 가하였다. (……) 며칠 후부터 그는 일제를 저주하는 고함을 지르기 시작했다. 피맺힌 원한으로 실성한 것이다. 그 후 완전한 정신이상에 걸리어 폐인이 되었다."(김영희, 「소월의 고향을 찾아서」, 송희복, 『김소월 연구』, 태학사, 1994, 236~237쪽)

** ①계희영, 『藥山 진달래는 우련 붉어라』, 문학세계사, 1982, 24~25쪽. ②오세영, 『꿈으로 오는 한 사람』, 문학세계사, 1981, 279쪽.

까지 거론하는 이유는 소월 자신도 일종의 정신병력을 가지고 있었던 것은 아닐까 하는 의문 때문이다. 이러한 의문은 그가 아편을 먹고 음독자살하였다는 기록의 신빙성 여부와도 관련된다.

필자의 직관에 따르면, 소월은 어떤 정신적인 문제로 인해 평생 시달렸을 가능성이 있다. 프로이트의 손상 이론을 적용한다면, 사람은 경미한 신경증자와 심각한 정신병자로 분류될 뿐이다. 소월이 겪은 심리적 상처의 정도와 종류를 단언하기는 힘들지만, 평생 우울증과 불안에 시달렸을 것이라는 점은 시를 읽어가다 보면 자연스레 깨닫게 된다. 물론 일제 치하라는 폭력적 현실, 봉건적 사회의 질곡, 개인적인 사업의 실패 등의 요인이 차지하는 비중은 더욱 컸을지도 모른다.

김소월의 가문에 이어진 비극적인 사건들, 그리고 이로 인한 정신적 상처에 대해서는 좀더 명민한 정신분석가들의 분석이 필요하겠지만, 소월의 정신적 우울의 증상은 모든 시에 나타난다. 필자는 무당의 신병과 신내림의 어떤 과정이 『진달래꽃』 전체를 관류하고 있지 않나 생각한다. 무당들은 산 자의 세상에서 죽은 자들을 만난다. 김소월이 시에서 만난 모든 '님', '당신', '그대', '엄마와 누나', '누이', '옛 동무' 등에서 우리는 죽은 자들의 환영을 언뜻언뜻 목도하게 되는 것이다.

셋째, 오산중학교와 스승 김억에 대한 기록이다. 소월이 오산중학교에서 김억을 만났으며 이러한 문학적 사제 관계는 김억이 오산학교를 떠나 동아일보로 자리를 옮긴 후에도 계속된다. 김억은 1896년 평안북도 정주 출생으로, 1916년 오산학교 교사로 부임, 1919년 폐교할 때까지 재직하였다. 그는 『태서문예신보』에 주로 프랑스 상징주의 시를 번역해 소개하였는데, 이후 『창조(創造,

1919)』와 『폐허(廢墟)』의 동인으로 활동하면서 1921년 한국 최초의 현대 번역 시집 『오뇌(懊惱)의 무도(舞蹈)』를 발간한다. 그는 오산학교를 떠난 후에도 『창조』, 『영대』 등의 시 동인지를 통해 김소월과의 관계를 유지하였으며, 특히 1924년 5월부터 1925년 8월까지 『동아일보』 기자를 지내면서 김소월을 알리는 데에도 결정적으로 공헌하였다. 위의 '연보'를 보면, 1925년 김소월이 김억이 발간하고자 한 동인지 『가면』지의 자금난을 해소하기 위해 김억에게 시집 원고와 일체의 권리를 양도하여 『진달래꽃』을 발간하게 되었다는 기록이 있는데, 『가면』의 실체를 확인할 수는 없으나 『진달래꽃』 발간에도 김억의 역할이 결정적이었음을 알 수 있다. 김억은 김소월이 급서했을 때에 추모의 글을 남기기도 했고, 특히 1939년에는 흩어져 있던 소월의 시를 모아 『소월시초』를 간행하였으니, 김억과 김소월의 관계는 그 누구보다 각별했다고 볼 수 있다.

김억은 소월의 가장 가까운 문학적 스승이자 가장 깊은 이해자였다. 그러나 김억은 소월 시의 가장 중요한 부분을 놓치고 있었다. 김억은 『동아일보』에 김소월의 시를 소개하면서, 매우 훌륭한 자질을 가지고 있으나 아직 민요시인의 한계를 벗어나지 못하고 있다는 따끔한 지적을 하기도 했다. 그러나 이후 김대행, 김용직 등의 연구를 통해 밝혀진 것처럼, 김소월의 시는 표면적으로는 민요조의 기계적인 음수율(7·5조)을 가지고 있지만 심층적으로는 매우 동적인 자유시의 리듬을 가지고 있다. 그의 시 「가는 길」을 짧게 예로 들고자 한다.

그립다
말을 할까
하니 그리워

그냥 갈까
그래도
다시 더 한 番……

이 시는 7·5조의 단순한 음수율로 보면 "그립다말을할까 하니 그리워/그냥갈까그래도 다시더한번"에 정확히 일치한다. 그러나 소월은 7·5조의 음수율을 유지하되 행을 바꾸어 시각적인, 시간적인 여백을 둔다. 그립다고 말을 꺼내기도 전에 그리워지는 모습, 그냥 갈까 하다가 다시 더 한번 돌아보는 모습의 망설임을 내적인 리듬으로 잘 표현하고 있는 것이다.

김억은 소월 시에 대한 가장 훌륭한 이해자였지만, 그에게 민요시인이라는 평가를 부여한 딱한 오해자(?)이기도 했다. 사실 김억은 당시 가장 앞선 문학적 조류인 프랑스의 상징시를 소개하고 한국 최초의 번역 시집 『오뇌의 무도』를 간행하기도 했지만, 한국현대시사의 줄기에서 보면, 감히 김소월에 비견될 수 없다. 김억은 이후 난해한 상징시에 대한 애착을 버리고 스스로 민요시인을 자처하며 정형시를 양산한다. 그는 프랑스 상징시가 보여주고자 한 인간의 내면을 포착하기는커녕, 그가 소월 시를 추천할 때 김소월 시에 대한 비판의 잣대로 활용한 정형적인 리듬의 민요시로 후퇴한 셈이다.

시집 『진달래꽃』을 읽어나갈 때, 매우 흥미로운 부분은 김소월이 시집을 구성하고 있는 16개의 장(章) 중에서 네번째의 장을 김억에게 바치고 있다는 점이다. 넷째 장의 소제목은 「나의 金億 씨에게, 素月 - 無主空山」인데, 다시 말해 세상은 무주공산처럼 외롭고 적막하고 무섭다는 감회를 제자 소월이 스승 김억에게 호소하는 편지투의 형식을 취하고 있다는 점이다.

필자는 이 대목에 등장하는 김억이 시집 전체를 해석하고 이해하기 위한 중요한 열쇠라고 생각했다. 무당의 굿을 보면, 무당이 망자들을 만나기 위해 지하세계로 내려갈 때, 보조영신(helping spirit)*을 반드시 대동한다. 무당이 저승의 세계에 빠져 다시 이승의 세계로 귀환하지 못할 때를 대비하여 보조영신이 무당으로 하여금 너무 깊게 지하세계로 들어가지 못하도록 견제하는 역할을 해야 하기 때문이다.

김소월은 죽은 자들의 원혼을 만나기 위해 좀더 깊숙하게 그들의 세계로 다가가고자 했다. 제5장 이후의 시들이 바로 망자들과의 만남, 즉 접신(接神)을 다루는데, 이러한 지하세계 여행이 소월에게도 무섭고 두려웠을 것이라는 게 필자의 판단이다. 죽은 자들을 만나기 위해 저승으로 떠나야 하는, 그 힘들고 먼 여정에 앞서 소월은 자신의 스승이자 가장 깊은 이해자였던 김억에게 두려움을 표하고 있었던 것이다.

* 샤먼의 입문의례 혹은 접신 체험 때 나름의 몫을 하는, 범주가 다른 여러 형태의 영신(靈神)들이 있다. 예를 들어 신비한 동물, 혼인을 약속한 이성, 이미 죽은 선배 샤먼, 친족의 영혼 등이 낯설고 무서운 영신과의 만남을 위해 동원되는데, 여기에는 보호영신(tutelary spirit), 수호영신(guarding spirit), 친교영신(familiar spirit), 보조영신(helping spitit) 등이 있다. 엄밀하게 대응시키는 것은 거의 불가능하지만, 본고에서는 김억의 역할을 '보조영신'에 가까운 것으로 보았다.

왜 우리는 김소월을 좋아하는가, 늘 변함없이 읽고 있는가 하는 의문은 이 책을 쓰게 된 동기가 되었다. 필자의 스승이자 시인이셨던 오세영 선생님은 자신이 중학교 때 처음 접한 김소월이 지금의 당신 모습인 시인으로 이끌었음을 이렇게 술회한 바 있다.

> 그렇게 쉽게, 그렇게 단순하게, 그렇게 소박하게 씌어진 시들이 왜 이처럼 영원성을 가지고 있는 것일까. 시인으로서 내겐 이런 우문이 하나의 화두였다. 시학자로서 내겐, 그 어떤 호사스런 시론도, 문제성도 갖지 않는 소월이 어떻게 위대한 민족 서정 시인의 반열에 오를 수 있었을까 하는 의문이 하나 더 첨가되었다.*

이 책을 쓰기로 결심한 필자의 소회는 전혀 가감 없이 오세영 선생님의 술회와도 일치한다. 그러나 그가 쓴 글의 소제목 「한, 민요조, 여성성, 민족주의」**는 이 글의 출발인 동시에 극복하고자 하는 하나의 화두가 되었다. 필자가 보기에, 김소월의 시에서 '한, 민요, 여성, 민족'은 일부이긴 하지만, 김소월 시의 전체는 아니었다. 일제 식민지라는 궁핍한 시대의 사회 현실을 다루고 있다는 기존의 시각들도 매우 중요한 것이긴 하나, 그것도 김소월 시 전부를 설명하기에는 부족했다. 비판적 사실주의의 시각에서 보는 리얼리즘 진영의 논의들, 김소월 시인의 애국적 열정에 중점을 둔 북한 학계의 시각들 또한 김소월 시의 한쪽을 강조하는 선에 머물렀다.***

---

* 오세영, 『김소월, 그 삶과 문학』, 서울대학교출판부, 2000, 3쪽.

** 위의 책, 77~101쪽.

*** 권영민 편, 『소월 탄생 100주년 기념문집—평양에 핀 진달래꽃』, 통일문학, 2002.

필자는 여기에 '죽음'이라는 키워드 하나를 더 보탰다. 그의 모든 시에는 '죽음'이 스며 있다는 것, '귀신'이 숨어 있다는 것, 이것이 이 책의 출발점이 된다.*

* '귀신'이라는 용어보다는 영신(靈神, spirit)이라는 용어가 더 적절할 수 있다. '영신'은 죽은 사람의 영혼일 수 있고, 자연의 정령일 수도 있고, 신화적인 동물일 수도 있다(미르치아 엘리아데, 위의 책, 25쪽). 그러나 영신이라는 용어의 생소함 때문에 '귀신'이라는 용어를 주로 썼다.

시집 『진달래꽃』

시인 김소월은 1925년 12월 26일 매문사(賣文社)에서 시집 『진달내꽃』, 『진달내쏫』을 발간한다. 문화재청 등록문화재로도 등록(제470-1호부터 제470-4호까지, 총 4권)된 시집 『진달래꽃』은 한국인이 가장 애송하는 시로 거론되는 「진달래꽃」을 포함하고 있으며, 한국근대시사에서 가장 중요한 시집 중 하나로 평가된다. 당시의 신문에 실린 『진달래꽃』 광고를 인용해본다.

음악 같은 말로 곱게곱게 꾸며낸 진주(眞珠) 꾸러기란 소월(素月) 군의 시집을 두고 한 말입니다. 세계 어떠한 시단에 내어놓는다 하여도 조금도 손색없을 것을 확신합니다. 우리 시단이 생긴 이래의 가장 큰 ○○으로 무색한 시단에 이 시집 하나이 암야(暗夜)의 별과 같이 광휘를 놓는 ○이 있습니다. 더욱 동군(同君)의 민요시 같은 것은 무어라고 형언해야 좋을지 모를 만하야 음악 이상의 황홀을 주니 기이하달밖에. 반드시 맘을 무아(無我)의 황홀로 이끌지 않고는 말지 아니하야 "서정(抒情)의 극치(極致)로군" 하는 탄미를 금할 수가 없게 됩니다.*

이 시집은 동일한 출판사, 동일한 인쇄소에서 동일한 날짜에 인쇄, 발행되었음에도 불구하고 두 곳의 판매소에서 각각 다른 판본인 『진달내꽃』(총판매소 漢城圖書株式會社), 『진달내쏫』(총판매소 中央書林)으로 발행되어 있어 혼선을 준다. 그러나 최근 엄동섭과 웨인 드 프레메리에 의해 두 총판매소의 원본이 사진으로 공개되어 이제 더 이상 원본에 대한 논란은 불필요한 것이 되었다.** 또한 중앙서림 판매본의 오리지널 영인본이 출판사 소와다리에서 그대로 재출간되어 쉽게 그 실체를 접할 수 있게 되었다. 이제 당시 발표된 그대로의 원본을 쉽게 읽을 수 있게 된 것이다.

엄격한 서지적 고찰에 의해 공개된 엄동섭 외 편, 『진달래꽃』은 몇 가지 점에서 더욱 의미 깊은 성과를 이루어냈다.

첫째, 한성도서주식회사에서 판매한 『진달내꽃』과 중앙서림에서 판매한 『진달내쏫』은 22군데의 차이점을 보이는데, 대부분은 한성도서 판매본의 오자와 오식, 행 배열이 중앙서림 판매본에서 바로잡히는 양상으로 나타난다는 점이다. 따라서 우리는 이제 중앙서림 판매본을 정본으로 확정하고 논의를 시작할 수 있게 되었다(이 책에서는 중앙서림 판매본을 정본으로 삼되, 가급적 현대어로 읽기 편하도록 고쳤다).

둘째는 시집의 전체 체제를 일목요연하게 볼 수 있어, 시집 배열의 특이점을 한눈에 파악할 수 있다는 점이다. 두 판매본 모두 시집의 앞표지, 속표지 다음에 '목차'를 싣고 있는데, 목차가 무려

* 인천 중구 소재 한국근대문학관에 전시된 자료인데, 구체적인 날짜는 확인할 수 없음.

** 엄동섭, 웨인 드 프레메리, 『원본 『진달내꽃』과 『진달내쏫』 연구』, 소명출판, 2014.

12페이지에 달하며, 목차에는 별도의 1~12까지의 페이지가 매겨져 있다. 또한 본격적인 시는 다시 1~234까지의 페이지 번호가 별도로 매겨져 있는데, 1부의 소제목 「님에게」가 1페이지라면 소제목 다음 페이지는 빈 페이지로 처리되어 있어, 첫 시 「먼 後日」은 3페이지부터 시작되는 형식으로 배열되어 있다. 이러한 원칙은 매우 규칙적이어서 시집 전체에 적용되는데, 말하자면 이 시집을 구성하고 있는 16개의 소제목 다음에는 반드시 빈 페이지가 한 장씩 삽입되어 있어, 소제목과 여백의 빈 페이지만으로도 32페이지를 차지하고 있다는 점이다. 다시 정리하자면, 이 시집들은 소제목과 시 이름의 열거에만 32페이지나 할애하고 있음을 알 수 있다. 지금의 시각으로 보더라도, 시집의 목차에 12페이지나 할애하고, 또 16개에 달하는 많은 소제목에 32페이지의 지면을 할애하는 방식은 매우 예외적이다. 본고에서는 이러한 시집 배열의 특이한 방식에 먼저 주목하기로 했다.

원래 이 시집은 평양에서 발행한 시 전문지 『가면』의 자금난을 해소하기 위하여 김소월이 김억에게 "시집 원고 및 일체의 권리를 양도하여 발간한 것"*이라고 하나, 시의 배열 혹은 편집이 누구에 의해 주도되었는지에 대해서는 밝혀진 바가 없다. 현재로서는 김소월 자신 혹은 김억이 이를 주도했을 것이라고 추론해볼 수 있지만, 아무래도 김소월 자신이 시의 배열 등을 주도했다고 보는 편이 옳을 것으로 보인다.**

---

* 오하근 편, 위의 책, 369쪽. 이 언급은 이후 대부분의 전기에서 그대로 되풀이되고 있다.

** 이에 대해 김욱동은 "이는 어디까지나 소월 자신의 의도임은 말할 것도 없다. 이것은 그가 생전에 손수 펴냈다는 사실로 미루어 그렇게 추정되기 때문이다"라고 말하고 있는데, 이러한 동어반복의 추정만으로 소월 자신의 편집이라고 단언하기는 힘들다(김욱동, 『김소월 評傳』, 새문사, 2013. 265~266쪽).

김소월이 시집 편집을 직접 하지 않았다면, 마지막 가능성은 김억에 의한 편집이지만, 그럴 가능성은 거의 없어 보인다. 김억은 소월의 자살 직후인 1935년 1월 『조선중앙일보』에 「요절한 박행의 시인 김소월의 추억」을 쓰고, 2월 『신동아』에 추모시를 썼으며, 1939년 12월에 김억 편 『소월시초』(박문서관), 1948년 『소월민요선』을 간행하는 등 김소월의 시집 발간 등에 지속적으로 관여해 온 바 있다. 그러한 김억이 당시의 시집 『진달래꽃』의 편집에 대해 아무런 언급이 없다는 점은 시집 『진달래꽃』이 김억이 주도한 시 전문지 『가면』의 비용 마련을 위해 발간되었음에도 불구하고, 시의 선택에서 시집의 배열에 이르는 모든 편집 과정은 김소월 자신에 의해 이루어졌을 것이라는 또 하나의 반증이기도 하다.

시집의 전체 구조: 무당의 굿마당

대부분의 시집과는 다르게, 김소월의 시집 『진달래꽃』에는 일정한 이야기, 일정한 극적 구조가 펼쳐져 있다. 필자는 이 시집에 펼쳐진 이야기 구조가 바로 무당의 굿과 일치한다는 생각에서부터 출발한다.

무당의 굿 진행은 내용과 의미에 따라 크게 세 부분으로 나누어진다. 첫 부분은 준비 과장(科場)이고 나머지 부분은 뒷전이다. 중간 부분은 본(本) 과장으로서 각 신령을 모셔 노는 굿의 중심부에 해당한다.* 우리는 이를 귀신을 모셔오는 단계인 영신(迎神), 귀신과 함께하는 접신(接神), 귀신을 돌려보내는 송신(送神)의 단계로 나누어 설명하고자 한다.**

첫째는 영신(迎神) 부분이다. 이 대목에서 무당은 굿마당을 정

* 조흥윤, 『한국의 샤머니즘』, 서울대학교 출판부, 1999, 15쪽.

** '접신'은 굿의 중심인 만큼 매우 다양하여 하나로 설명하기 힘들다. 귀신을 모셔 즐겁게 한다는 의미에서 오신(寤神), 귀신에 들린다는 점에서 접신(ecstasy), 그 과정에서 겪는 신체적 체험으로서의 빙의(possession), 망아(trance) 등 매우 복잡한 용어가 요구되지만, 여기에서는 간단하게 '접신'이라는 용어로 통일하고자 한다.

화하고 여러 신을 불러 공양한 뒤에 개별적으로 수호신들을 불러들여 공수를 받는다. 다시 말해 이승에서 이미 잊혀진 저승의 귀신들을 지금-여기의 굿마당에 초청하는 단계인 것이다. 귀신들은 곧바로 굿의 자리로 달려오지 않는다. 귀신들은 이승의 세계로 돌아오는 것을 망설인다. 아마 평소에 자신들의 존재를 망각하거나 무시한 이승의 존재에 대해 토라져 있을지도 모르고, 또는 멀리 떨어져 있어서 이승으로 돌아오는 길이 너무 힘들기 때문일 수도 있다. 무당은 아주 정성스럽게 그들에게 치성을 들이고 때로는 아양까지 떤다. 산 자들이 기다리고 있으니 제발 돌아와달라고 애원을 해야 귀신들이 나타날 수 있기 때문이다.

다음 부분은 접신(接神)의 대목이다. 굿판에 나타나기를 망설이던 귀신들이 드디어 지금-여기의 굿판에 나타나는 것이다. 이제 무당은 좀더 바빠진다. 망자는 무당의 몸속으로 들어와 일체가 된 셈이며, 무당은 망아(忘我)의 단계에 빠진다. 무당은 없고 죽은 자의 혼만 남은 셈이다. 죽은 자는 무당의 몸을 빌려 자신의 원통한 사연을 말하기 시작한다. 이러한 단계야말로 접신(ecstasy), 빙의(possession), 망아(trance)에 해당할 것이다.

이 단계에서 무당은 극심한 육체적 혼란을 겪는다. 아마 그 혼란이 극대화되면 무당은 더 이상 이승에서 버티지 못하고, 망자들에게 이끌려 저승으로 끌려갈 수도 있다. 예컨대 김동리의 소설 「무녀도」(1936)에서 무녀 모화는 굿을 하다가 물에 빠져 죽는다. 망자들의 강한 혼이 모화를 죽음의 세계로 이끌었기 때문일 것이다.

아무리 무당이라 한들, 산 자가 죽은 자들과 만나는 것은 너무도 위험하다. 무당은 산 자의 세상으로, 귀신들은 다시 귀신의 세상으로 돌아가야 하는 의식이 필요한데, 이 마지막 단계를 송신

(送神)이라고 불러도 좋을 듯싶다. 이제 귀신들의 억울한 사연도 들어주었으니 당신들은 당신들의 세상으로 돌아가야 하지 않겠느냐는 의식이 바로 송신으로 나타나는 것이다.

이처럼 무당의 굿을 영신(迎神), 접신(接神), 송신(送神)의 단계로 대별한다면, 시집 『진달래꽃』에서 진행되는 무당굿은 어떤 모습을 보이고 있을까. 이를 설명하기 위해 시집 『진달래꽃』의 소제목 16개를 일단 소개하기로 한다(시집 『진달래꽃』은 16개의 소제목이 붙어 있다).

제1부: 님에게(총 10편)
제2부: 봄밤(총 4편)
제3부: 두 사람(총 8편)
제4부: 나의 金億 씨에게－無主空山(총 8편)
제5부: 한때한때(총 16편)
제6부: 半달(총 3편)
제7부: 귀뚜라미(총 19편)
제8부: 바다가 變하여 뽕나무밭 된다고(총 9편)
제9부: 여름의 달밤(총 3편)
제10부: 바리운 몸(총 9편)
제11부: 孤獨(총 5편)
제12부: 旅愁(총 1편)
제13부: 진달래꽃(총 15편)
제14부: 꽃燭불 켜는 밤(총 10편)
제15부: 金잔디(총 5편)
제16부: 닭은 꼬꾸요(총 1편)

필자는 제1부에서 제4부까지를 영신(迎神)의 대목으로 보았다. 무당이 '님에게' 이승으로의 초대장을 보내고(제1부), 귀신이 '봄밤'에 조금씩 모습을 드러내다가(제2부), 이윽고 이승에 살고 있는 사람과 저승에서 온 귀신이 '두 사람'이 되어 만나는 장면을 순차적으로 떠올려보라(제3부). 그러나 무당 김소월은 정작 귀신과 대면할 일을 생각하니 두려움이 앞서 자신의 처지가 마치 '무주공산'에 던져진 것처럼 느껴져 자신의 스승인 '김억'에게 그 두려움을 호소한다(제4부). 내가 너무 깊숙이 귀신들이 사는 곳에 빠져 이승으로 귀환하기 힘들다면, 나를 이승으로 건져줄 수 있는 '보조영신'은 김억 당신뿐이라는 다짐을 여러 차례 받는 것이다(김동리의 「무녀도」에서 무녀 모화는 이승의 세계로 귀환하지 못한다. 기독교에 귀화한 아들 '욱이', 그리고 도대체 정체를 알 수 있는 신비의 처녀 '낭이'가 보조영신으로서의 역할을 하지 못해서일 것이다. 보조영신이 없는 굿은 마치 구조대원 없이 물속에 들어가는 것만치나 위험한 것이다).

제5부 「한때한때」에서 제11부 「孤獨」까지는 초대된 망자의 혼과 시적 화자가 대면하는 장면, 즉 접신(接神)의 단계에 해당된다. 무당은 망자와 만나서 예전의 그리웠던 '한때한때'를 재현해낸다(제5부). '반달'은 완벽한 어둠과 완벽한 밝음의 중간 단계여서 산 자와 죽은 자가 만나기에 가장 적합한 상태이며(제6부), 이때 '귀뚜라미'는 무당과 망자를 연결하는 전령사가 된다(제7부). 저승과 이승이 얽혀 있는 굿판이야말로 바다와 뽕밭이 송두리째 전복된 괴기한 공간인 '상전벽해(桑田碧海)'에 해당하며(제8부), 이러한 '여름의 달밤'(제9부)에 '바리운 몸'(제10부)의 '고독'(제

11부)이 사무치게, 직설적으로 표출될 수 있는 것이다. 이 접신의 마당에서 망자의 혼은 시적 화자에게 현존하는 존재로 받아들여지며, 여기에서 시적 화자는 혼과의 커뮤니케이션을 시도한다.

물론 이러한 접신의 단계에서 만나는 것은 원통한 망자의 혼들이다. 그들의 애통한 사연을 접한 시적 화자는 헤아리기 힘든 신어(神語, 공수)를 읊는 존재가 된다. 그 절정은 물론 「초혼」이 포함된 제11부에 이르러서이다. 이 시에서 망자는 "부르다가 내가 죽을 이름"인 것이다. 여기에서 시적 화자의 모습은 갑자기 격렬해지면서 님과의 극적인 해후를 담게 되는데, 이러한 격렬한 엑스터시(ecstasy)는 제12부의 「旅愁」에 이르러서 서서히 사라지고, 오히려 님을 위로하여 돌려보내고자 하는 태도로 돌변한다.

제12부 「旅愁」부터 제16부까지의 시는 송신(送神)의 단계에 상응하여 해석할 수 있다. 시적 화자는 서서히 굿판을 정리하며 새벽을 맞이하고 현실로 돌아올 준비를 한다. 시적 화자는 "비가 와도 한 닷새 왔으면 됐지"라고 중얼거리면서 외로운 혼을 달래어 돌려보내고자 하며, 마침내 '닭은 꼬꾸요' 우는 것이다. 이제 시적 화자는 원혼들과의 한판 극적인 만남을 정리하고 그들을 위로한 다음, '영원한 시간의 여행자'로서의 샤먼의 위치에서 초라하고 고통받는, 평범한 일상인의 자리로 돌아오는 것이다.

시집 전체를 살펴보기에 앞서, 김소월의 대표작 「山有花」에서부터 이야기를 풀어나가기로 한다. 『진달래꽃』 전체 16부 중에서 제13부에 실린 이 시는 '갈 봄 여름'이라는 시간적 배경에 놓인 간단한 소재, '山'과 '꽃'과 '새'만으로 구성된, 놀랍도록 단순한 시이다. 이 놀랍도록 단순한 시의 성취는 소설가 김동리에 의해 "기적적 완벽성"*으로 칭송되어왔다. '저만치 혼자서 피어 있는' 꽃이야말로 인간이 근접할 수 없는 자연, 청산과의 거리라는 것이다.

그런데 이 시를 읽는 독자의 마음속에는 청산의 아름다운 정취보다는 설명하기 힘든 슬픔의 감정이 솟아오른다. 그 이유는 무엇일까. 「山有花」 전문을 인용하기로 한다.

山에는 꽃 피네
꽃이 피네
갈 봄 여름 없이
꽃이 피네

山에
山에
피는 꽃은
저만치 혼자서 피어 있네

山에서 우는 작은 새요
꽃이 좋아
山에서
사노라네

山에는 꽃 지네

---

* 김동리, 「청산과의 거리」, 『문학과 인간』, 백민문화사, 1948(신동욱 편, 『김소월』, 문학과지성사, 1981, 55쪽에서 재인용). '저만치'를 '거리, 상황, 정황'으로 보고 소월 시의 의미구조는 이러한 '거리감'에 있다는 해석도 있다(김용직, 「소월 시와 앰비귀이티」, 『한국문학의 비평적 성찰』, 민음사, 1974).

꽃이 지네
갈 봄 여름 없이
꽃이 지네

필자는 이 시의 '저만치'를 '이승과 저승 사이의 거리'로 보는 관점을 취하고 있다. 죽은 자는 산 자와 떨어져 '저만치' 놓여 있으며, 이승과 저승 사이에 놓인 '저만치'라는 거리는 가까운 듯하면서도 결코 도달할 수 없는 거리이기 때문이다. 이 시를 좀더 읽어보자.

꽃이 피고 지는 배경에 선 화자는 왜 슬픈가. 필자는 「산유화」 속의 '꽃'을 생명력으로 가득 찬 현실적인 꽃, 영원한 생명을 갈구하는 생명 배태로서의 꽃이 아니라 가화(假花)로 해석해본다. 가화는 생명력 없는 꽃이며 생명을 위장한 죽은 꽃이다. 무당들의 복색 또는 상여가 요란한 가화로 치장되는 이유는 망자(亡者)의 생명력이 소멸되었음을 가장 강력하게 시사하는 것이며, 이런 의미에서 본다면, 가화는 죽은 자의 환유이다.

이런 맥락에서, 위 시의 '꽃'을 가화로 본다면, 「산유화」 속에 담긴 슬픔이 조금씩 이해된다. 1, 2연에서 화자는 꽃으로 치장된 상여를 바라본다. 오늘도 산에는 상여가 들어섰으며, 상여는 오늘뿐 아니라 '갈 봄 여름 없이' 늘 산으로 올라오는 것이다.

이런 관점을 밀고 나가면, 이 시에서의 '산'이 아름다운 청산이 아니라 북망산(北邙山)에 근접함을 이해할 수 있게 된다. 죽은 자는 북망산에서 상여의 꽃으로 다시 피어나지만, 늘 '저만치 혼자서' 피어 있는 것이다. 이 시의 가장 핵심적인 구절인 '저만치 혼자서'야말로 단독자로서 맞아야 하는 죽음에 대한 공포이자 인간의 실존적 조건에 대한 표명이지 않은가. 인간은 늘 '혼자서', '저만치' 떨어져서 각자의 죽음을 맞이하는 것이다.

3연에서 화자는 '저만치 혼자서' 피어 있는 꽃을 이별하지 못해, 산에서 벗어나지 못한다. "꽃이 좋아/山에서/사노라네"라고 말하고 있지만, 이러한 역설이야말로 죽은 자를 쉽게 보내지 못하는 산 자의 슬픔을 보여주는, 소월 특유의 방법론으로 설명할 수 있을 것이다. 또한 4연에서 화자는 꽃이 지고 있다고 말한다. 그러나 꽃이 지고 피는 것 자체가 현실적인 시간 내에서 일어나는 일은 아니다. 화자는 초월적인 시간에 서서 꽃이 지건 피건 상관없이 죽은 꽃을 우두커니 보고 있는 것이다.

2장

『진달래꽃』 전편 해설

이번 장에서는 시집 『진달래꽃』에 실린 126편의 시를 모두 검토하기로 한다. 이들 시 속에는 죽은 자들의 목소리 혹은 그림자가 감추어져 있다는 게 필자의 생각이다. 126편의 시는 16개의 소제목으로 배열되어 있는데, 여기에서는 16개의 소제목별 묶음으로 각각의 시를 읽어나가기로 한다. 우리는 16개의 소제목별로 나누어 배열된 시의 묶음 자체가 하나의 소우주처럼 각각 빛나고 있음을 확인하게 될 것이다.

잊고 있던 님을 불러들이기

1_ 먼 後日
2_ 풀따기
3_ 바다
4_ 山 위에
5_ 옛이야기
6_ 님의 노래
7_ 失題
8_ 님의 말씀
9_ 님에게
10_ 마른 강 두덕에서

제1부는 10편의 시로 구성되어 있다. 이들 시에서 화자는 멀리 떠난 님을 그리워하며, 목청껏 님이 돌아오길 외친다. 때로는 토라진 님을 향해 아양 떨기도 하고 때로는 자신의 고통을 과장하여 엄살을 부리기도 하면서 님이 돌아올 것을 호소하지만, 죽은 님은 멀리 있기에 아무런 응답이 없으며 스스로의 힘으로 돌아올 수 없다.

제1부에서 화자는 오지 않는 님을 만나러 가기 위해 상상의 길을 떠난다. 냇물에 흘러가는 나뭇잎 배에 내 몸을 기탁하고, 험한 산과 바다를 넘어 님을 찾아 헤매는 것이다. 그 상상의 여행은 무당이 죽은 자를 만나기 위해 산과 바다를 건너 먼 하늘로 혹은 지하세계로 여행을 떠나는 것에 방불하다.

무당의 행장을 보라. 방랑자이지 않은가. 지팡이를 들고 물통을 들고 무당은 저세상을 향해 위험천만의 여행을 떠난다. 울긋불긋한 무당의 복색은 무지개를 연상시킨다. 무지개를 타고 가야 저 먼 세상으로 빨리 갈 수 있지 않은가. 작두에 올라타는 무당의 습

속 또한 이제 자신의 몸이 지상의 법칙(중력)에서 자유로워졌음을 보여주기 위한 장치 아닐까.

우리는 현실을 살아가는 시인과 시 속에서 노래의 주체인 시적 창자(詩的 唱者)가 반드시 일치하는 것은 아니라는 점을 배운다. 그러나 김소월의 시집 『진달래꽃』에서 시적 창자는 곧바로 시인 김소월의 존재와 겹친다. 시인 김소월의 주변에는 원통하게 죽은 영령이 있고, 소월은 그 영령을 찾아 위험천만한 저승세계 여행의 길을 떠나는 것이다. 본문에서 『진달래꽃』의 주체를 시적 화자, 시적 창자, 김소월로 혼용한 이유가 여기에 있다.

그 상상의 먼 여행을 우리는 제1부에서 만난다.

1_ 먼 後日

먼 훗날 당신이 찾으시면
그때에 내 말이 "잊었노라"

당신이 속으로 나무라면
"무척 그리다가 잊었노라"

그래도 당신이 나무라면
"믿기지 않아서 잊었노라"

오늘도 어제도 아니 잊고
먼 훗날 그때에 "잊었노라"

이 시는 시집 『진달래꽃』의 서시에 해당한다. 여기에서 '당신'은 소월의 아내일 수도 있고, 정체가 불확실한 연인일 수도 있다. 그러나 필자는 '당신'을 이미 죽어 '나'의 곁을 떠난 망자(亡者)로 보는 해석 전략을 택하기로 한다.

지금 이곳에 없는 '당신'은 자신을 잊어버린 듯한 '나'를 나무라고 있다.* 여기에는 얼마나 사는 게 재미있었으면 나를 잊었느냐

* 원본에서는 '나무라면' 대신 '나무리면'으로 표기되어 있다.

는 '당신의' 원망도 섞여 있을지 모른다. 그러니 시적 화자는 '당신'을 잊은 게 아니라는 변명을 늘어놓는 수밖에 없다. 오늘도 어제도 아니 잊었으며, 실은 먼 훗날까지 잊을 리가 없다는 말로 토라진 '당신'을 위로할 수밖에 없는 것이다.

우리는 이 시에서 죽은 영령 앞에서 아양을 떠는 무당의 모습을 본다. 산 자가 죽은 자를 잊어야 하는 것은 이승에서의 삶의 논리다. 산 자라도 열심히 살아야 할 게 아닌가. 그러나 굿판에 기면 상황이 조금 달라진다. 나는 당신을 결코 잊은 적이 없다고 외쳐야만 귀신의 마음이 움직여 이승의 삶으로 넘어올 엄두를 내지 않겠는가.

이 시의 절창은 물론 마지막 행에 있다. "잊었노라"라는 과거형 동사는 '먼 훗날'이라는 미래의 시점에서 문법적인 충돌을 일으킨다. 중요한 점은 '당신'이 지금 곁에 없다는 것, 그렇지만 '나'는 미래의 어느 시점에서도 결코 '당신'을 잊지 않겠다는 것이다. 소월은 이 시에서 '잊었노라'에 큰따옴표(원본에서는 겹낫표)를 사용하여, 나와 당신 사이, 그리고 산 자와 죽은 자 사이의 생생한 대화 형식을 취했다. '나'는 '당신'을 향해 큰따옴표의 대화를 시도하고 있지 않은가. 무당이 귀신을 부르는 절차, 즉 영신(迎神)이기에 그 대화 형식은 절절하고 생생해야 하는 것이다. 그러나 '당신'의 마음이 쉽게 돌아올 리는 없다. 조금 더 절절해질 필요가 있는데, 이를 위해 '나'는 '당신'이 계신 곳으로 직접 찾아가기로 결심한다.

다음 시 「풀따기」는 죽은 님을 찾아가는 여행의 시작에 해당한다.

2_ 풀따기

우리집 뒷山에는 풀이 푸르고
숲 사이의 시냇물, 모랫바닥은
파아란 풀 그림자, 떠서 흘러요.

그리운 우리님은 어디 계신고.
날마다 피어나는 우리님 생각.
날마다 뒷山에 홀로 앉아서
날마다 풀을 따서 물에 던져요.

흘러가는 시내의 물에 흘러서
내어 던진 풀잎은 옒게 떠갈 제
물살이 헤적헤적 품을 헤쳐요.

그리운 우리님은 어디 계신고.
가엾는 이내 속을 둘 곳 없어서
날마다 풀을 따서 물에 던지고
흘러가는 잎이나 맘해보아요.

소월의 고향이자 그의 생장지인 평북 정주군 곽산면 남단리(南端里, 속칭 남산리)는 한국의 8대 명산 중 하나인 능한산(凌漢山)을

등에 지고 남향한 마을이었다고 한다. 동네 남쪽으로는 서해가 바라보이고, 기름진 논밭이 풍요롭게 펼쳐진 산과 바다 그리고 들이 합쳐진 고향인데, 「풀따기」의 첫 연은 이러한 고향을 연상시키기에 충분하다.*

이 시는 매우 평화롭고 동화적이다. 그러나 시적 화자는 그 동화의 세계에 편히 안주하려 하지 않는다. 그는 그 안온한 고향을 떠나려 한다. 왜냐하면 그 고향에는 "그리운 우리님"이 없기 때문이다. 그렇다면 그리운 우리 님은 어디에 있는 것일까. 필자는 그 곳을 일단 '저승'이라 가정해본다. 그렇다면 님을 찾아 저승길을 떠나는 '나'는 필시 무당에 해당될 것이다.

「풀따기」에서 무당은 "우리님"을 찾아가기 위해 물속에 이파리를 띄우고 '흘러가는 잎'을 '맘해'본다. 다시 말해 흘러가는 잎이 되기로 마음먹은 것이다. 이제 무당은 물 위에 떠 있는 작은 잎에 자기의 몸을 기탁한 채 먼 곳으로의 상상적인 여행을 떠난다.

"맘해보아요"의 의미가 조금 아리송하다. 그러나 흘러가는 잎에 자신의 '마음을 의탁한다'는 정도로 받아들일 수 있다. 시적 화자는 흘러가는 잎에 자신의 마음을 싣고 그리운 님이 계신 곳으로 먼 여행을 떠나고 있다. 님이 토라져서 나에게 오지 않는다면, 내가 나서서 님에게로 가야 하지 않겠는가. 아직까지도 나를 용서하지 않고 나의 무심함을 나무라는 님이라면, 내가 먼저 님에게 다가가야 하는 것. 무당은 상상의 배를 타고 죽은 자가 있는 저승의 세계를 떠날 채비를 하고 있는 것이다. 물론 상상의 배는 '풀잎'이다. 풀잎을 타고 지금-이곳에 없는 "그리운 님"을 찾아가는 것이다.

---

* 오세영, 위의 책, 274쪽.

3_ 바다

뛰노는 흰 물결이 일고 또 잦는
붉은 풀이 자라는 바다는 어디

고기잡이꾼들이 배 위에 앉아
사랑 노래 부르는 바다는 어디

파랗게 좋이 물든 藍빛 하늘에
저녁놀 스러지는 바다는 어디

곳 없이 떠다니는 늙은 물새가
떼를 지어 좇니는 바다는 어디

건너서서 저便은 딴 나라이라
가고 싶은 그리운 바다는 어디

이 시 또한 바다에 대한 막연한 동경 정도로 읽을 수 있다. 그러나 답답한 고향을 떠나 바다를 건너 먼 곳 어딘가로 떠나고 싶다는 낭만의 감정만으로 이 시를 대하기는 뭔가 부족하다.

일단 "뛰노는 흰 물결이 일고 또 잦는/붉은 풀이 자라는 바다"의 모습부터 심상찮다. 바닷가에 자라는 붉은 풀이라면 명아줏과의 한해살이풀 나문재를 연상해볼 수 있지만, 이 시의 '붉은 풀'이 나문재를 지시하는 것이라고 읽기는 싫다. 흰 물결이 뛰놀고 붉은 풀이 자라고 정처 없이 늙은 물새가 떠다니는 바다는 왠지 불길하고 격정적인 곳으로 읽혀진다.

시적 화자가 떠나고 싶은 바다는 매우 위험한 곳처럼 느껴진다. 바다 저편이 아마도 저승의 세계라서 그런 것은 아닐까. 이런 관점에 서면, 바다를 향해 떠나는 '나'의 여행은 지하세계를 찾아가는 무당의 여행에 근접해진다.

산 자가 죽은 자를 찾아 나선 여행이라면 시냇물에 떠가는 작은 풀잎 배만으로는 부족한 것. 무당은 이제 불길하고 위험해 보이는, 붉은 풀이 자라고 있는 '딴 나라'로 과감하게 여행을 떠나려는 것이다.

당신이 계시는 '저편'은 바다 저편의 '딴 나라'로 묘사되며, 너무 먼 곳에 있기에 거기에 이르기까지에는 긴 시간이 필요하다. 이 시에서 "바다는 어디"가 다섯 차례나 반복되는 까닭은 그 바다가 너무도 멀리 있기 때문일 것이다.

서사무가 「바리공주」에서 바리공주의 여정이 길고 험난한 것을 연상해보면, 그 바다가 이승으로부터 멀리 떨어져 있어야 하는 필연을 찾을 수 있을 것이다.

4_ 山 위에

山 위에 올라서서 바라다보면
가로막힌 바다를 마주 건너서
님 계시는 마을이 내 눈앞으로
꿈하늘 하늘같이 떠오릅니다

흰모래 모래 비낀 船倉가에는
한가한 뱃노래가 멀리 잦으며
날 저물고 안개는 깊이 덮여서
흩어지는 물꽃뿐 안득입니다.

이윽고 밤 어둡는 물새가 울면
물결조차 하나둘 배는 떠나서
저 멀리 한바다로 아주 바다로
마치 가랑잎같이 떠나갑니다

나는 혼자 山에서 밤을 새우고
아침해 붉은 볕에 몸을 씻으며
귀 기울고 솔곳이 엿듣노라면
님 계신 窓 아래로 가는 물노래

흔들어 깨우치는 물노래에는
내 님이 놀라 일어 찾으신대도

내 몸은 山 위에서 그 山 위에서
고이 깊이 잠들어 다 모릅니다.

앞의 시 「바다」에서 '나'는 바다를 향해 떠나고자 했다. 그런데 이번 시 「산 위에」에서는 갑자기 산을 오른다. 산에 올라야 바다가 보이고 바다 저편이 보일 수 있기 때문일 것이다.

산 위에 올라 바라다보니까 "님 계시는 마을이 내 눈앞으로" 서서히 떠오르기 시작한다. 무당의 굿에 비로소 귀신이 서서히 모습을 드러내는 것처럼, 「산 위에」에서 비로소 시적 화자는 '님 계시는 마을'을 보게 되는 것이다.

그러나 마을을 보았을 뿐, 아직 '님'에 직면한 상태는 아니다. 이를 확인하기 위해서는 뒷부분의 시를 좀더 읽어야 한다. '나'는 산 위에서 님이 계신 그곳, '가로막힌 바다' 저편의 그곳을 바라다본다. 이제 "님 계시는 마을이 내 눈앞으로" 꿈하늘처럼 조금씩 떠오르고 있지 않은가. 그러나 "내 님이 놀라 일어 찾으신대도" 산 자인 내 몸은 오히려 죽음과도 같다. 산 자인 '나'의 몸은 "고이 깊이 잠들어 다 모릅니다"라고 말하고 있기 때문이다. 왜 죽은 자의 모습은 꿈하늘처럼 떠오르는데, 산 자인 나의 몸은 오히려 잠들고 아무것도 모르는 상태인가.

시적 화자이자 무당인 '나'는 현실 속에서 아직 죽음의 세계로 들어갈 준비가 덜 된 것이다. '나'는 죽음의 편으로 가기 위해 좀더 현실을 버리고 좀더 죽은 자의 품으로 다가가야 하는데, 여기에 무당의 '상징적인 죽음'이라는 입사 의례가 준비되어야 한다.

5_ 옛이야기

고요하고 어두운 밤이 오면은
어스레한 灯불에 밤이 오면은
외로움에 아픔에 다만 혼자서
하염없는 눈물에 저는 웁니다

제 한 몸도 예전엔 눈물 모르고
조그마한 世上을 보냈습니다
그때는 지난날의 옛이야기도
아뭇 설움 모르고 외웠습니다

그런데 우리 님이 가신 뒤에는
아주 저를 바리고 가신 뒤에는
前날에 제게 있던 모든 것들이
가지가지 없어지고 말았습니다

그러나 그 한때에 외워두었던
옛이야기뿐은 남았습니다.
나날이 짙어가는 옛이야기는
부질없이 제 몸을 울려줍니다

고요하고 어두운 밤 어스레한 등불 밑에서 외로움과 아픔에 혼자 우는 '나'는 우리 님과 나누었던 경험, 그 "옛이야기"의 품으로 들어간다. 그때 옛이야기는 부질없이 "제 몸을 울려"주기 시작한다. 죽은 자아의 기억 속에서 울기 시작하는 '나'의 모습은 저승의 세계에 근접한 상징적 죽음의 단계로 들어가기 시작했음을 잘 보여준다. 이제 점차 한판의 굿으로 들어가는 셈이다.

6_ 님의 노래

그리운 우리 님의 맑은 노래는
언제나 제 가슴에 젖어 있어요

긴 날을 門밖에 서서 들어도
그리운 우리 님의 고운 노래는
해지고 저물도록 귀에 들려요
밤들고 잠들도록 귀에 들려요

고이도 흔들리는 노랫가락에
내 잠은 그만이나 깊이 들어요
孤寂한 잠자리에 홀로 누워도
내 잠은 포스근히 깊이 들어요

그러나 자다 깨면 님의 노래는
하나도 남김없이 잃어바려요
들으면 듣는 대로 님의 노래는
하나도 남김없이 잊고 말아요

죽은 자의 '맑은 노래'가 어찌 산 자의 가슴속에 늘 들릴 수 있겠는가. 우리는 이미 앞의 시 「옛이야기」를 산 자가 죽은 자에게 다

가가는 행위, 즉 상징적인 죽음으로 읽기로 했다. 그러나 그 죽음은 일시적인 죽음, 그저 한순간의 꿈에 불과한 것. '나'는 꿈속에서 잠깐 님을 만난 셈이다. '그리운 우리 님의 맑은 노래'가 잠시 들리지만, 그것은 자다 깨면 사라져버리는 노래에 불과한 것이다. 그 상실감이 제6편 「님의 노래」다. 시적 화자는 이제 좀더 본격적으로 님을 찾아나서야 한다.

7_ 失題

동무들 보십시오 해가 집니다
해지고 오늘날은 가노랍니다
웃옷을 잽시빨리 입으십시오
우리도 山마루로 올라갑시다

동무들 보십시오 해가 집니다
세상의 모든 것은 빛이 납니다
인제는 주춤주춤 어둡습니다
예서 더 저문 때를 밤이랍니다

동무들 보십시오 밤이 옵니다
박쥐가 발부리에 일어납니다
두 눈을 인제 그만 감으십시오
우리도 골짜기로 나려갑시다

이 시의 4연에는 '박쥐'가 등장한다. 밤에만 나는 새, 사실은 새로 분류될 수도 없는 자그마한 쥐에 불과한 '박쥐'야말로 취약한 인간의 어두운 심층을 대표하기에 무리가 없다. 『악의 꽃』(1857)의 시인 보들레르는 그의 시 「우울」에서 박쥐를 언급한다.

땅은 축축한 토굴로 바뀌고.

거기서 '희망'은 박쥐처럼

겁먹은 날개를 이 벽 저 벽에 부딪히고,

썩은 천장에 제 머리 박아대며 날아간다.

깜깜한 밤하늘을 겁먹은 날개로 날며 사방에 부딪혀 상처투성이가 되는 '박쥐'야말로 시적 화자가 불현듯 민난 저승의 존재들, 혹은 자신의 어두운 무의식이 아닐까. 이러한 '박쥐'를 염두에 두며 이 시를 다시 읽어보자.

이 시는 동무들과 함께 달맞이 구경을 가는 상황을 포착한 것처럼 보인다. 그런데 2연에서 해가 졌는데 갑자기 세상의 모든 것이 빛나기 시작한다. 한 비평가는 이 대목을 이해할 수 없는 부분으로 남겨두었다.

어두워질수록 빛나는 것은? 이러한 수수께끼가 있다면, 필자는 이를 '귀신'이라고 답하고 싶다. 1연에서 우리들은 산마루에 올라가고, 3연에서 우리들은 골짜기로 내려간다. 그럼 2연에서 일어난 일은 무엇일까. 해가 지고 밤이 오기까지의 짧은 시간인 2연에서, 화자는 "세상의 모든 것은 빛이 납니다"라고 주장한다. 필자는 이 현상을 농담처럼 '귀신'이라고 말했지만, 사실 사물이 빛을 발하는 순간이야말로 종교학적 의미로는, 세속적인 것에서 성스러움이 출현하는 것, 즉 성스러운 것, 거룩한 것의 드러남으로서의 '성현(聖顯, hierophany)'*의 순간으로 풀이된다.

시적 화자는 그 빛나는 황홀의 순간을 포착하고 있는데, 이런

* 엘리아데, 『성과 속』, 학민사, 1982, 49쪽.

의미에서 「실제」는 굿판에 귀신이 찾아오는 순간을 포착한 것으로 볼 수 있다. 어둠 속에 잠깐 섬광이 일듯, 님의 모습이 잠깐 굿판에 나타나지만, 제목 「실제」가 시사하듯, 그 모습은 구체적이지는 않다. 얼마나 정신이 산란한지 제목조차 잃어버리지 않았는가.

8_ 님의 말씀

세월이 물과 같이 흐른 두 달은
길어둔 독엣물도 찌었지마는
가면서 함께 가자 하던 말씀은
살아서 살을 맞는 표적이외다

봄풀은 봄이 되면 돋아나지만
나무는 밑그루를 꺾은 셈이요
새라면 두 죽지가 傷한 셈이라
내 몸에 꽃 필 날은 다시 없구나

밤마다 닭소래라 날이 첫 時면
당신의 넋맞이로 나가볼 때요
그믐에 지는 달이 山에 걸리면
당신의 길신가리 차릴 때외다

세월은 물과 같이 흘러가지만
가면서 함께 가자 하던 말씀은
당신을 아주 잊던 말씀이지만
죽기 前 또 못 잊을 말씀이외다

님과의 이별이 이승에서의 일시적인 이별이 아닐 것이라는 추측은 "당신의 넋맞이", "길신가리", 밑그루를 송두리째 꺾인 나무 등에서 확인된다. 이 시에서 님과 헤어진 시간은 두 달 전으로 명확히 제시된다. 님이 두 달 전에 죽은 것이다.

부부는 비익조(比翼鳥)에 비유된다. 날개가 한쪽밖에 없어 두 몸이 결합하지 않고서는 결코 날 수 없는 비익조야말로 지상에서 살아가야 하는 남녀의 운명인 것. 그런데 당신이 떠나버린 이후의 '나'는 두 날갯죽지가 상해버린 새가 되어버린 것이다. 이제 내 몸에 꽃이 필 날은 아예 없어진 것이다.

죽은 님은 '나'와의 이별을 앞두고 '함께 가자'고 말했고, 함께 갈 수 없었던 '나'에게 그 말은 죽기 전에는 '못 잊을 말씀'이 되어버렸다. 살아 있지만 그 말을 듣고 '(화)살을 맞는 표적'이 되어버린 '나'는 어떻게 살아야 할 것인가. 「님의 말씀」은 그에 대한 고통의 시편이다.

"길신가리"는 길일을 정해 죽은 사람의 명복을 빌어주는 굿, 혹은 죽은 사람의 갈 길을 인도하기 위하여 소경을 데려다 하는 굿으로 해석된다. 시적 화자는 그저 당신의 넋을 맞이하기 위해 '길신가리'를 맥없이 차릴 뿐이다.

9_ 님에게

한때는 많은 날을 당신 생각에
밤까지 새운 일도 없지 않지만
아직도 때마다는 당신 생각에
추거운 베갯가의 꿈은 있지만

낯모를 딴 세상의 네길거리에
애달피 날 저무는 갓스물이요
캄캄한 어두운 밤 들에 헤매도
당신은 잊어바린 설움이외다

당신을 생각하면 지금이라도
비 오는 모래밭에 오는 눈물의
추거운 베갯가의 꿈은 있지만
당신은 잊어바린 설움이외다.

위 시의 "추거운"은 '축축하다'로 풀이된다. 위 시에서 '당신'을 "잊어버린 설움"이라 말할 때 그 의미는 헤어진 님으로 해석될 여지가 많다. 그러나 자신을 "갓스물"의 나이라고 말하는 것의 의미는 무엇일까. 화자의 나이가 갓 스물이라면, 긴 인생을 살아가면서 일시적으로 헤어졌던 님과 만날 가능성은 언제든지 열려 있다.

그러나 왜 '갓 스물'인가. '당신'은 이승을 떠난 자이며, 화자는 그 운명을 원통하게도 갓 스물의 청춘기에 겪고 있는 것이다. '당신'을 죽은 자로 보는 해석은 '갓 스물'이라는 작은 중얼거림에서부터 퍼져나온다.

사실 그간에도 김소월의 시를 무당의 넋두리와 연관시켜 고찰한 논의가 없지는 않았다. 김영석은 김소월의 시가 "무당의 넋두리에 가깝다"라고 규정했다. 이옥련은 김소월 시에 등장하는 몇 개의 시어, 액맥이제, 비난수, 길신가리 등을 통해 무속과의 연관을 밝혔다.*

더 나아가 한국의 대표적인 시인인 김소월, 조지훈, 박목월, 서정주 시에 공히 샤머니즘의 특징이 드러난다는 점을 분석한 글도 있다. 김헌선은 「한국 문화와 샤머니즘」에서 "무당의 길은 시인과 다르지 않다"는 전제하에 서정주의 「신부」와 조지훈의 「석문」을 예로 들고 있으며, 신범순은 김소월의 시 「무덤」, 「찬 저녁」, 「초혼」 등을 통해 샤머니즘과의 관련 양상을 분석한 바 있다.**

---

* ①김영석, 『한국 현대시의 논리』, 삼경문화사, 1999. ②이옥련, 『소월시의 시어고: 무속의 시어화』, 숙명여대 대학원, 1986.

** 「특집: 한국 현대시와 샤머니즘」, 『시안』, 2002. 겨울호.

10_ 마른 강 두덕에서

서리 맞은 잎들만 쌓일지라도
그 밑이야 江물의 자취 아니랴
잎새 위에 밤마다 우는 달빛이
흘러가는 江물의 자취 아니랴

빨래소래 물소래 仙女의 노래
물 씻이던 돌 위엔 물때뿐이라
물때 묻은 조약돌 마른 갈숲이
이제라도 江물의 터야 아니랴

빨래소래 물소래 仙女의 노래
물 씻이던 돌 위엔 물때뿐이라

서리 내리는 늦가을, 마른 강이 얼고 있다. 그 위에 낙엽이 쌓이고 다시 그 위에 달빛이 쌓이는데, 어쨌든 강은 여전히 존재한다. 빨래하는 아낙의 소리도 그치고, 강가에 내려오는 선녀의 노래도 그쳤지만, 여전히 강은 강이다.

시인은 강이 말랐어도, 여전히 강의 자취를 가지고 있음을 되뇐다. 한 인간의 숨이 멈췄고 그 온기가 사라졌을지라도, 한 인간의 자취는 오롯이 남는 것. 시인은 마른 강 둔덕에서 지금은 없는 한 인간의 자취, 노랫소리를 기다리고 있는 것이다.

님과 만나는 봄밤

11_ 봄밤
12_ 밤
13_ 꿈꾼 그 옛날
14_ 꿈으로 오는 한 사람

제2부의 시는 네 편으로 구성되어 있다. 시 제목만 보더라도, '봄'이고 '밤'이다. 그 밤에 '꿈'이 찾아오니, 꿈속에 '한 사람'이 얼핏 보이는 것이다. 죽은 자의 넋이리라.

제1부의 시가 저승에 있는 '님'을 찾아 떠난 여행의 긴 출발 과정을 보여주고 있다면, 제2부에서 화자는 언뜻언뜻 님의 그림자를 만난다. 이제 님의 모습이 가물가물 보이기도 하고, 혹은 꿈자리에 잠깐 나타나기도 하는 것이다.

제2부의 첫 시에서 '님'은 '봄'의 형상으로 술집의 창 옆에 앉아 있다. 이런 국면에서라면, 어느 누군들 "보아라"라고 외치지 않겠는가.

11_ 봄밤

실버드나무의 거뭇스럿한 머릿결인 낡은 가지에
제비의 넓은 깃나래의 紺色 치마에
술집의 窓 옆에, 보아라, 봄이 앉았지 않는가.

소리도 없이 바람은 불며, 울며, 한숨지어라
아무런 줄도 없이 설고 그리운 새까만 봄밤
보드라운 濕氣는 떠돌며 땅을 덮어라.

그리운 죽은 님의 정령은 어디에나 있다. 실버드나무의 낡은 가지가 '거뭇스럿'하지만, 거기에도 봄이 앉아 있다. 우리는 '봄이 앉았다'라는 대목을 '그리운 님이 앉았다'로 자연스럽게 고쳐 읽는다. 술집의 창가에 앉아 있는 님의 정령이기에 화자는 "보아라"라고 외치고 있지 않은가.

바람이 한숨짓는 이유조차 바람이 곧 님이기 때문이다. 봄밤이 '아무런 줄(까닭)도 없이 설고 그리운' 것은 님이 없기 때문. 그러나 이제 보드라운 습기가 언 땅을 녹이며 그리운 님은 점차 내게로 다가온다. "보아라"라는 확신의 탄성은 죽은 님과의 해후를 위한 출발이 된다.

12_ 밤

홀로 잠들기가 참말 외로워요
맘에는 사뭇차도록 그리워와요
이리도 무던히
아주 얼굴조차 잊힐 듯해요.

벌써 해가 지고 어둡는데요,
이 곳은 仁川에 濟物浦, 이름난 곳,
부슬부슬 오는 비에 밤이 더디고
바닷바람이 칩기만 합니다.

다만 고요히 누워 들으면
다만 고요히 누워 들으면
하이얗게 밀어드는 봄 밀물이
눈앞을 가로막고 흐느낄 뿐이야요.

김소월 시인이 제물포에 언제 갔는지는 알 수 없다. 그러나 낯선 제물포에서의 하룻잠에도 님은 늘 나타나기 마련. 화자는 '하이얗게 밀어드는 봄 밀물'에서 '아주 얼굴조차 잊힌' 님의 존재를 느낀다. 그 밤에 눈이 온다.

13_ 꿈꾼 그 옛날

밖에는 눈, 눈이 와라,
고요한 窓 아래로는 달빛이 들어라.
어스름 타고서 오신 그 女子는
내 꿈의 품속으로 들어와 안겨라.

나의 베개는 눈물로 함빡이 젖었어라.
그만 그 女子는 가고 말았느냐.
다만 고요한 새벽, 별 그림자 하나가
窓틈을 엿보아라.

시인이 사별한 자가 여성이었던가. 「꿈꾼 그 옛날」에서 우리는 시인이 사별했던 '그 여자'를 만난다. 그러나 그 여자와의 만남은 '별 그림자'가 있을 때만 가능하다.

죽은 자는 달빛에만 나타날 수 있는 법. 셰익스피어의 「햄릿」에서도 동생의 손에 억울하게 죽은 선왕의 유령은 달밤에 나타나고 새벽의 기척이 들리자 사라져버린다.

바로 앞의 시 「밤」과 겹쳐 읽어보자. 인천 제물포의 낯선 객사에서 시인은 외로움에 몸부림치다가 결국 꿈속에서 '그 여자'를 만난 적이 있다. 그러나 그 여자는 '나의 베개'만 적시고 이내 사라져버렸다. 죽은 자이기 때문이다.

14_ 꿈으로 오는 한 사람

나이 차지면서 가지게 되었노라
숨어 있던 한 사람이, 언제나 나의,
다시 깊은 잠 속의 꿈으로 와라
불그레한 얼굴에 가늣한 손가락의,
모르는 듯한 擧動도 前날의 모양대로
그는 야젓이 나의 팔 위에 누워라
그러나, 그래도 그러나!
말할 아무것이 다시 없는가!
그냥 먹먹할 뿐, 그대로
그는 일어라. 닭의 홰치는 소래.
깨어서도 늘, 길거리의 사람을
밝은 대낮에 빗보고는 하노라

잠 속의 꿈에만 나타나는 '숨어 있던 한 사람'은 '닭의 홰치는 소래'가 들리면 사라진다. 닭이 울면 온갖 귀신과 도깨비들은 자신의 자리로 돌아가야 한다.

'닭의 홰치는 소래'는 시집 『진달래꽃』의 마지막 시 「닭은 꼬꾸요」에서 다시 출현한다. 죽은 자들과의 마지막 이별 장면이 닭 우는 소리로 마감하는 것은 매우 당연하지 않은가.

'닭 우는 소리'는 한국문학사에서 엉뚱하게도 이육사 시인의

「광야」(1939)에 다시 등장한다.

까마득한 날에
하늘이 처음 열리고
어데 닭 우는 소리 들렸으랴

모든 산맥들이
바다를 戀慕해 휘달릴 때도
차마 이곳을 犯하던 못하였으리라

끊임없는 光陰을
부지런한 계절이 피어선 지고
큰 강물이 비로소 길을 열었다

지금 눈 내리고
梅花香氣 홀로 아득하니
내 여기 가난한 노래의 씨를 뿌려라

다시 千古의 뒤에
白馬 타고 오는 超人이 있어
이 曠野에서 목놓아 부르게 하리라.

'닭 우는 소리'는 귀신의 시대가 끝나고 인간의 시대가 열리는, 문명의 시초를 상징하는 것. 그러기에 민족시인 육사는 우리 민족의 장대한 서사를 상징적으로 압축한 시 「광야」에서 하늘이 처음 열리는 신성한 공간의 첫 마당에 '닭 우는 소리'를 배치한 것이다.

어찌 보면, 김소월의 시는 인간의 시가 아니고 귀신의 시였을지도 모른다. 그리고 소월은 『진달래꽃』의 마지막 시에 「닭은 꼬꾸요」를 배치함으로써 귀신의 시대가 끝나고 인간의 시대가 열림을 선포하고자 한 것이다. 지겨운 귀신의 원혼을 이겨내고 현실로 복귀해야 하는 것이 살아 있는 자의 논리이지 않은가. 끊임없는 광음(光陰)의 시간을 부지런한 계절이 뒤를 잇고, 큰 강물이 비로소 길을 여는 문명의 웅대한 서사를 위해서라면 먼저 '닭 우는 소리'가 필요했던 것이다. 육사의 시가 '닭 우는 소리'에서 출발하고 있다면, 소월의 시는 '닭 우는 소리'에서 끝나고 있는 것.

흐릿한 님과의 만남을 기원하며

15_ 눈 오는 저녁
16_ 紫朱구름
17_ 두 사람
18_ 닭소래
19_ 못 잊어
20_ 예전엔 미처 몰랐어요
21_ 자나깨나 앉으나서나
22_ 해가 山마루에 저물어도

1부와 2부의 시들에서 시인은 저승에 머물러 있는 '님'을 이승의 세계로 호출하기 위해 피나는 노력을 해온 바 있다. 때로는 님에게 아양을 떨기도 했고, 때로는 당신을 잊은 게 아니라고 변명을 하기도 했다. 그러나 님은 좀처럼 모습을 드러내지 않았다. 죽은 자의 혼령이 어찌 그리 쉽게 이승의 세계로 귀환할 수 있겠는가. 시인은 그저 물오르는 버드나무 가지에서, 차가운 겨울 강물의 밑바닥에서 님의 흐릿한 존재를 접했을 뿐이다.

3부에서 이제 우리는 죽은 자의 모습을 조금씩 대면하게 된다. 3부의 소제목조차 「두 사람」이지 않은가. 시인이 한 사람이라면, 나머지 한 사람은 저승에서 막 귀환한 '님'이다. 3부는 두 사람의 기막힌 만남을 다룬다.

15_ 눈 오는 저녁

바람 자는 이 저녁
흰눈은 퍼붓는데
무엇 하고 계시노
같은 저녁 今年은……

꿈이라도 꾸면은!
잠들면 만날런가.
잊었던 그 사람은
흰눈 타고 오시네.

저녁때. 흰눈은 퍼부어라.

지금 "잊었던 그 사람"은 흰 눈 속에 있다. 그러기에 화자는 "흰 눈은 퍼부어라"고 갈망하는 것이다. 그러나 언젠가 눈은 그칠 것이며, 그 사람은 이내 사라질 것이다. 그 만남은 안타깝게도 짧다.

그 만남이 좀더 길어지고 생생해지기 위해서는 혼령을 호출해야 하는 시인의 무당굿이 좀더 치열하게 이루어져야 할 것이다. 다음에 이어지는 시들에서 우리는 이러한 시인의 무당굿을 좀더 통렬하게 목격하게 된다.

16_ 紫朱구름

물 고운 紫朱구름,

하늘은 개어오네.

밤중에 몰래 온 눈

솔숲에 꽃 피었네.

아침볕 빛나는데

알알이 뛰노는 눈

밤새에 지난 일은……

다 잊고 바라보네.

움직거리는 紫朱구름.

자줏빛 구름은 불길하기까지 하다. 밤새 눈이 내렸는데, 마냥 눈만 내린 것 같지는 않다.

"밤새에 지난 일은……"에 주목할 필요가 있다. 왜 말없음표인가? 시인은 밤에 님을 만났던 것. 그러나 님과의 기막힌 만남에는 아무것도 남아 있지 않다. 그러한 기막힘이야말로 말없음표로 표기할 수밖에 없지 않겠는가.

하늘은 개어오고 날이 밝았지만, 간밤에 '님'과 말없음표와도 같은 짧은 만남을 끝내야 했던 시인의 마음속에는 자줏빛 먹구름이 내리고 있다. 그 먹구름이 "물 고운 紫朱구름"으로 황홀하기까지 하니 기막힐 따름이다.

17_ 두 사람

흰눈은 한 잎

또 한 잎

嶺기슭을 덮을 때.

짚신에 감발하고 길심매고

우뚝 일어나면서 돌아서도……

다시금 또 보이는,

다시금 또 보이는.

이 시는 그저 두 사람이 이별하는 장면을 묘사한 소품으로 보인다. 그런데 왜 소월은 소품에 불과한 이 작품을 3부의 소제목으로까지 사용했을까.

짚신 바람으로 떠나는 한 사람을 다룬 이 시가 더욱 처절하게 느껴지는 것은 그 바탕에도 산 자와 죽은 자 사이의 거리가 반영되어 있기 때문이다. 이 시의 상황을 죽은 자를 묻고 돌아서서 가는 자의 심리로 읽는다면(시집 『진달래꽃』의 시가 모두 그러하므로), 두 사람의 이별은 더욱 비극적인 것이 된다.

18_ 닭소래

그대만 없게 되면
가슴 뛰노는 닭소래 늘 들어라.

밤은 아주 새어올 때
잠은 아주 달아날 때

꿈은 이루기 어려워라.

저리고 아픔이여
살기가 왜 이리 고달프냐.

새벽 그림자 散亂한 들풀 위를
혼자서 거닐어라.

시인은 "살기가 왜 이리 고달프냐"고 탄식한다. 가슴이 저리고 아프다고 호소한다. 꿈속에서나마 내 곁에 있었던 '그대'는 새벽닭 우는 소리와 함께 사라진다. 시인은 새벽닭 우는 소리를 원망하며 새벽 그림자가 산란한 들풀 위를 혼자서 거닐 수밖에 없다.

그대와 함께 살고자 하는 꿈은 이루기 어렵다. 이승과 저승의 거리 때문이리라.

19_ 못 잊어

못 잊어 생각이 나겠지요,
그런대로 한세상 지내시구려,
사노라면 잊힐 날 있으리다.

못 잊어 생각이 나겠지요,
그런대로 세월만 가라시구려,
못 잊어도 더러는 잊히오리다.

그러나 또한긋 이렇지요,
"그리워 살뜰히 못 잊는데,
어쩌면 생각이 떠지나요?"

시인은 그대를 잊을 수 없다. 시인은 이승에서 한세상을 살고, 그대는 저승에서 한세상을 잘살기를 바랄 수밖에 없다. "못 잊어도 더러는 잊히오리다"라는 체념과 희망을 가지지만, 그리움은 정녕 사라지지 않는다.

이 시는 대중가요, 가곡으로 여러 차례 노래되었다. 1970년대 가수 장은숙의 허스키하고 진한 감성의 「못 잊어」도 좋지만, 김동진과 하대응이 작곡한 두 편의 가곡 「못 잊어」 또한 이 시의 분위기를 잘 전달하고 있다.

20_ 예전엔 미처 몰랐어요

봄가을 없이 밤마다 돋는 달도
 '예전엔 미처 몰랐어요'

이렇게 사무치게 그리울 줄도
 '예전엔 미처 몰랐어요'

달이 암만 밝아도 쳐다볼 줄을
 '예전엔 미처 몰랐어요'

이제금 저 달이 설움인 줄은
 '예전엔 미처 몰랐어요'

이 시에서 그리움의 대상은 어디에 있을까. 달로 표상되는 '님'은 내가 도저히 다가갈 수 없는 곳에 있다. 3연은 "달이 아무리 어두워도" 쳐다본다는 표현 정도로 고쳐야 정상일 듯싶다. 그러나 달이 밝음에도 계속 쳐다본다는 표현에서 나와 '님' 사이의 거리가 더욱 절대적임을 느낄 수 있다. 두 사람의 이별이 이토록 길고 아득할 줄은 예전에 미처 몰랐던 것이리라.

21_ 자나깨나 앉으나서나

자나깨나 앉으나서나
그림자 같은 벗 하나이 내게 있었습니다.

그러나, 우리는 얼마나 많은 세월을
쓸데없는 괴로움으로만 보내었겠습니까!

오늘은 또다시 당신의 가슴속, 속모를 곳을
울면서 나는 휘저어바리고 떠납니다그려.

허수한 맘, 둘 곳 없는 心事에 쓰라린 가슴은
그것이 사랑, 사랑이던 줄이 아니도 잊힙니다.

'그림자 같은 벗'이 나를 버린 게 아니라, 내가 그를 버렸다는 점에 주목해볼 필요가 있다. 왜냐하면 그는 죽은 자이기 때문에 나는 그를 버려야 하는 것이다.

평생 침팬지를 관찰한 제인 구달은, 새끼가 죽었을 때 어미 침팬지가 보이는 반응에 주목한다. 침팬지는 죽은 새끼를 버리지 못하고 며칠 동안 그대로 안고 있다. 그러나 육신의 부패가 시작되고 결국 죽은 자식을 버려야 할 때 침팬지는 아무도 보지 않는 밀림 속으로 들어간다. 침팬지로서도 자신의 육체적인 고통 때문에 사랑하는 자식을 버려야 한다는 것이 너무 수치스러웠던 게 아닐까. 제인 구달은 그렇게 상상한다. 그림자 같은 벗을 버리고 돌아서는, 울면서 휘저어버리고 떠나는 '나'의 심정에는 죽은 자를 버려야 하는 산 자의 고통이 담겨 있을 것이다.

22_ 해가 山마루에 저물어도

해가 山마루에 저물어도
내게 두고는 당신 때문에 저뭅니다.

해가 山마루에 올라와도
내게 두고는 당신 때문에 밝은 아침이라고 할 것입니다.

땅이 꺼져도 하늘이 무너져도
내게 두고는 끝까지 모두 다 당신 때문에 있습니다.

다시는, 나의 이러한 맘뿐은, 때가 되면,
그림자같이 당신한테로 가우리다.

오오, 나의 愛人이었던 당신이여.

제15편에서 제22편까지 8편의 시가 「두 사람」이라는 소제목 아래에 묶여 있지만, 두 사람의 만남은 너무도 순간적이거나 아직 멀리 있다. 해와 하늘과 땅이 흔들려도 움직일 수 없는 '두 사람' 사이의 관계는 이미 하나의 우주를 이룬다. '나'에게는 해와 달의 운행조차 모두 '당신 때문'이지 않은가.

바비 에드워드(Bobby Edwards)의 1961년 히트곡 「You're The

Reason」은 세시봉 출신 가수들이 불러 우리의 귀에 너무 익숙한데, 신기할 만치 유사하다. "내가 잠을 잘 수 없는데, 그것은 당신 때문"이란다. 앞 대목만 잠깐 소개한다.

You're the reason (I don't sleep at night.)

I just lay here at night…toss and I turn.

Loving you so…how my heart yearns.

위험한 저승을 향한 여정의 출발점

우리는 제1~4부의 시들을 시적 화자가 샤먼, 혹은 영매(靈媒)가 되어 '님'을 만나러 떠나는 과정으로 요약할 수 있다. 이 시들은 샤먼이 영계(靈界)에 이르기 위해 먼 길을 떠나는 지하 여행의 과정을 보여주는 한편, 시적 화자의 수호신이자 보조영신인 김억에게 자신에게 힘을 실어줄 것을 호소하는 시들도 포함되어 있다.

'님'과의 만남이 가져다줄 행복에 대한 환상도 포함된 이 시들은 시적 화자와 '님' 사이의 만남을 다룬다. 님과의 만남을 전제로 한 시이기에 기본적으로 연가(戀歌)의 느낌을 주는 이 시들은, 그러나 밑바닥에 죽은 자와 산 자의 해후라는 침통한 주제를 깔고 있다. 그러나 아직까지는 밝고 희망적이며 슬픔이 직접 드러나지는 않는다.

무당들은 무시무시한 귀신의 세계로 들어갈 때, 형언할 수 없는 두려움에 휩싸인다. 이때 무당은 극심한 육체적·정신적 고통을 이기기 위해 아편이나 독한 담배 등의 환각제를 사용한다. 혹은 신체의 절단, 할례, 지독한 감금과 유폐 등의 통과의례를 스스로 겪기도 한다. 귀신에 들릴 때 겪는 격심한 고통은 산 자의 세계에서 죽은 자의 세계로 경계 넘기를 해야 하는 까닭에 당연히 겪어야 할 과정일지 모른다. 무당이 되기 위해 거쳐야 한다는 신병과 신내림의 과정 또한 일상의 세계에서 귀신의 세계로 돌입하기 위한 예비 과정일 것이다.

어찌 삶과 죽음의 경계에서 극도의 공포와 떨림이 없겠는가. 우리 민속에서는 문지방(threshold)이 경외와 금기의 대상이 된다. 문지방에 서 있지 말라는 경고는 함부로 경계 위에 서지 말라는 경고이기도 하다. 문지방은 안과 밖의 경계인 까닭에 그만큼 위험한 것이다. 무당은 문지방을 넘어 다른 세계로 넘어가는 존재다.

샤머니즘 연구가인 엘리아데는 이승과 저승의 경계에 수호자, 혹은 보조자 역할을 하는 보조영신(helping spirit)이 따로 존재해야 함을 밝히고 있다. 혼자의 힘으로는 그 위태한 영역을 넘어설 수 없고, 혹은 넘어갔던 그 세계에서 다시 이승으로 돌아올 수 없기 때문에, 자신을 보호해주거나 도와주는 또 하나의 존재가 필요한 것이다. 굿에 뛰어든 소월을 보조하던 보조영신은 바로 그의 문학적 스승 김억이었다.

소월은 『진달래꽃』의 제1부에서 제3부에 이르기까지 저승 여행길에 나섰다. 소월은 원통하게 죽은 귀신을 불렀고 그 님(귀신)들은 이제 언뜻언뜻 소월의 눈앞에 나타나기 시작한 것이다. 그러나 현실 속의 존재인 소월에게는 그 황홀한 체험이 하나의 공포이기도 했다. 귀신과 만나야 하되, 만나면 무서운 것. 자기 외에는 아무도 없는 무주공산(無主空山)의 장소에서, 소월은 자신이 의지할 스승이 필요했다.

김억은 오산학교에서 소월을 가르친 스승이자 소월을 문단으로 이끈 스승이다. 소월은 귀신을 만나야 하는 무서운 장소에 혼자 가는 게 두렵기 때문에, 그 무주공산의 자리에 스승 김억을 끌어들인다. 제4부 「나의 金億 씨에게 — 無主空山」은 이렇게 시작된다.

23_ 꿈

닭 개 짐승조차도 꿈이 있다고
이르는 말이야 있지 않은가,
그러하다, 봄날은 꿈꿀 때.
내 몸에야 꿈이나 있으랴,
아아 내 세상의 끝이여,
나는 꿈이 그리워, 꿈이 그리워.

스승 앞에서라면 자신의 나약함을 어느 정도 드러내도 좋은 것. 소월은 '닭 개 짐승조차도 꿈이 있다'고 말하고, 닭 개 짐승만도 못한 자신의 처지를 한탄한다. 짐승조차 꿈을 꾸는데, 나라고 꿈을 꾸지 않을 수 있느냐는 것. 못난 제자일망정 세상의 끝에 가는 꿈을 꾸겠다는 것. 그곳에 가서 원통한 우리 님을 만나야겠다는 것. 화자는 개 닭 짐승에게도 그럴 권리가 있다는 항변을 통해 스승에게 자신의 위험한 저승 여행이 불가피하다는 점을 알린다.

침팬지조차 새끼를 버리고 이승에서의 삶을 살아갈 때 수치스러움을 버리지 못했지 않은가. 나는 '닭, 개, 짐승'보다 나은 존재여야 하지 않은가.

24_ 맘 켕기는 날

오실 날
아니 오시는 사람!
오시는 것 같게도
맘 켕기는 날!
어느덧 해도 지고 날이 저무네!

여기에서의 "아니 오시는 사람"은 시적 화자가 찾아가고자 하는 '망자'일 수도 있지만, 자신이 의지하고자 하는 보조영신으로서의 '김억'일 수도 있다.

무주공산에 처한 자신은 스승에게 기대고 싶지만, 오신다는 스승은 오지 않아 마음은 불안하고 바쁘기만 하다. 어느 누구도 한 사람의 고통과 불안을 대행해줄 수는 없지만, 그래도 스승의 무심함은 야속하기만 하다. 그런 와중에 해가 지고 날이 저물고 있는 것이다. 한탄이 뒤를 이을 수밖에 없다.

25_ 하늘 끝

불현듯
집을 나서 山을 치달아
바다를 내다보는 나의 身勢여!
배는 떠나 하늘로 끝을 가누나!

무주공산의 고달픈 신세 한탄 끝에 배는 지상을 떠나 하늘로 올라간다. 죽음의 세계는 지상의 세계에서 벗어난 곳에 위치한다. 그곳은 지하에 있거나 하늘에 있거나, 아니면 강 저편에 있을 것이다.

이 시에서 배는 바다로 떠나는 게 아니라 하늘로 떠나는 듯하다. 현실에서 저승으로 떠나는 여행의 수단으로는 자주 배가 사용된다. 그리스 신화에서 지하세계인 하데스(Hades)의 궁전으로 가려면 다섯 개의 강을 건너야 하는데, 예컨대 아케론 강(황천)의 뱃사공 카론 등의 이야기에서 배를 빠뜨릴 수 없다.

「하늘 끝」은 화자의 여행이 현실세계에서의 여행이 아니라 영혼의 배를 타고 저승을 향하는 여행임을 잘 보여준다. 그러나 스승 김억의 모습은 보이지 않고, 그저 허공을 맴도는 고독한 단독자로서의 소월만 무주공산을 헤매고 있는 것이다.

26_ 개아미

진달래꽃이 피고

바람은 버들가지에서 울 때,

개아미는

허리 가늣한 개아미는

봄날의 한나절, 오늘 하루도

고달피 부지런히 집을 지어라.

개미 한 마리가 따뜻한 봄볕에 집을 짓고 있다면, 그것은 정녕 평화로운 정경이라야 한다. 그러나 소월은 그의 '고달픔'에 눈을 주고 있다. 거대한 대지 위에서 산 자의 몸을 기탁하기 위해 조그만 몸으로 땅을 파헤치고 있는 모습이야말로, 적막강산에 홀로 던져진 시인의 실존적 상황과도 유사하다.

이 시 「개아미」를 포함해 제4부에 실린 시들은 유난히 짧다. 위험에 빠진 고독한 존재로서의 화자는 자신이 의탁할 존재를 찾아 나서지만, 자신이 의지하고자 하는 스승에게서조차 아무런 답변이 없다. 화자는 대꾸할 상대도 없는 절망 속에서, 집도 없는 존재로서, 밤마다 잡념으로 만리장성을 쌓는 허망함 속을 헤매기도 하며, 혹은 한 몸을 의탁하기 위해 대지를 파헤치는 나약한 '개아미'가 되기도 한다. 말을 나눌 만한 상대도 없어 침묵을 지켜야 하는 시인의 상황이야말로 제4부의 시를 무서운 침묵과도 같은 짧은 시로 만든다. 4부의 소제목이 「무주공산」임은 이로써 적절해진다.

27_ 제비

하늘로 날아다니는 제비의 몸으로도
一定한 깃을 두고 돌아오거든!
어찌 설지 않으랴, 집도 없는 몸이야!

정착할 수 없는 유랑의 심정을 담고 있는 이 시에서도 가족의 죽음이 느껴진다면 그것은 나만의 비약일까.

돌아갈 곳이 없는 '나'의 신세야말로 돌아갈 곳이 있는 제비와 대비되며, 주인 없는 텅 빈 산 '무주공산'의 황량함에 맞닿아 있다.

28_ 부엉새

간밤에

뒷窓 밖에

부엉새가 와서 울더니,

하루를 바다 위에 구름이 캄캄.

오늘도 해 못 보고 날이 저무네.

부엉이가 울고, 하루 종일 흐린 날이 계속된다. "하루를 바다 위에 구름이 캄캄"에 주목해보자. 날이 흐려 하루 종일 바다 위에는 구름이 캄캄했다는 식으로 읽는 것이 편하지만, 귀신의 형상으로 떠돌며 해님과도 같은 '님'의 존재를 찾고 있는 시적 화자의 모습을 '부엉새'의 형상과 겹쳐 읽어볼 법도 하다. 화자는 님을 찾기 위해 상상의 어두운 바다 위에서 하루를 보낸 것이다.

29_ 萬里城

밤마다 밤마다
온 하룻밤!
쌓았다 헐었다
긴 萬里城!

만리장성은 지독한 노동의 산물이지만, 이상하게도 사랑과 결부되어 있다. 맹강녀(孟姜女)는 진시황 때의 여인으로 신혼 초에 남편 범기량이 만리장성 공사에 끌려가게 되었다. 맹강녀는 엄동설한에 남편이 입을 옷을 지어 몇 달을 걸려 만리장성에 도착하였으나 남편은 이미 죽었고 더군다나 남편의 시신도 성벽 밑에 묻혀버렸다는 이야기를 듣게 되었다. 이 소식을 듣고 맹강녀가 대성통곡을 하자 성벽이 무너져 내리며 수많은 유골들이 드러났다. 그녀는 각각의 유골에 손가락을 깨물어 핏방울을 떨어뜨려 마침내 남편의 시신을 찾아냈다. 이때 진시황이 맹강녀의 미모를 보고 그녀를 첩으로 삼고자 하자 맹강녀는 진시황이 상복을 입고 제사를 지내줄 것을 요구하였다. 진시황이 이에 응하며 범기량의 제사를 마치자 맹강녀는 남편의 시신을 받쳐 들고 바다로 뛰어들어 자살했다.

남편을 만나기 위해 다른 남성에게 몸을 허락한 다음, 남편과 그 남성을 바꿔치기 했다는 좀더 희화화된 설화로도 전해지는 만리장성 이야기에는 이별, 죽음 등의 고난이 담겨 있다. 하룻밤 사이에 남녀 사이에 벌어지는 사랑의 행각을 만리장성을 쌓는다고 표현했을 때, 그 만리장성에는 그만한 우여곡절이 있는 법이다.

이 시에서 시적 화자는 밤마다 만리장성을 쌓는다. 그러나 그 성은 늘 허물어지는 허망한 성이다. 왜냐하면 이미 죽은 자가 된 님과의 만남은 불가능한 것이기 때문이다.

30_ 樹芽

설다 해도
웬만한,
봄이 아니어,
나무도 가지마다 눈을 텄어라!

서럽긴 하지만 놀랍게도 봄은 왔고, 가지마다 눈이 텄다. 생명이 부활하는 이 기적 같은 순간이 죽은 자를 산 자의 세계로 불러오고자 하는 영신(迎神)의 마지막 단계에 배치되어 있는 것은 결코 놀라운 일이 아니다.

이제 우리는 5부 이하의 시들에서 산 자의 세계로 돌아온 죽은 자의 혼령들과 만날 수 있게 된 것이다.

죽은 자들과의 만남

굿판은 무당이 귀신을 불러내는 것으로부터 시작된다. 귀신은 쉽사리 굿판에 나오지 않는다. 귀신의 입장에서 보면, 현실이 지겹거나 무서운 곳이어서 돌아보고 싶지 않을 수도 있겠고, 산 자들에 대한 원망의 감정이 앞설 수도 있을 것이다. 그래서 무당은 귀신들에게 정성을 다한다. 그들의 노여움을 풀어주기 위해 좋은 음식과 춤, 그리고 아첨에 가까운 찬사를 늘어놓는다. 굿판의 첫 부분이 시종 활기에 넘치고 명랑해 보이는 이유는 여기에 있다.

우리는 김소월의 『진달래꽃』 1부에서 4부에 이르는 시들에서 그 모습을 보았다. 무당은 귀신에게 "오늘도 내일도 아니 잊고 먼 훗날 그때에 잊었노라"고 아양을 떨기도 했고, 예전의 행복한 시절을 떠오르게 하는 꿈을 늘어놓기도 했으며, 무엇보다 무당이 용기를 내어 귀신들의 세계로 무섭고 위험한 여행을 떠났다. 그리고 마침내 무당은 귀신과 만난다. 굿판의 용어를 빌리면, 접신(接神)이 이루어진 것이다.

굿판은 연극판과 많은 점에서 닮았다. 먼저 무당은 '지금 여기'에 없는 인물을 상상하고, 그들과 함께할 가상의 시공간을 창출해 낸다. 무당은 귀신을 호명한 다음 그의 이력을 자세하게 소개하고 그가 겪었을 여러 고통에 대한 공감을 표시하면서 간절하게 이 자리에 참석해줄 것을 애걸한다. 여기까지가 귀신 불러내기, 즉 영신(迎神)의 단계다.

제5부에서 제11부까지의 시들은 '님'과의 직접적인 만남을 다룬다. 불행하게도 시적 화자가 대면하는 '님'들은 불행한 죽음으로 인하여 구천을 떠돌고 있는 중음신(中陰神)*들로 보인다.

예컨대 5부에서 우리는 시적 화자 앞을 주마등처럼 스쳐가는 많은 사람들을 만난다. 죽지 못해 사는 '순복네 아부님'(33), '어머님'(34), 홀로 된 여자의 '후살이'(35), 목매단 젊은 계집(38), '달 아래 싀멋없이 섰던 그 여자'(39) 오지 않는 '잠 못 드는 龍女'(40), 야밤중 불빛에 어렴풋이 보이는 '그'(42), 냄새로 다가오는 여자(43), 어렴풋하면서도 다시 분명한 '粉얼굴'(44), '어질은 안해'(45) 등이 그들이다. 이 사람들은 죽은 사람들, 혹은 죽어가는 원통한 사람들이다. 따라서 제5부의 시에 이르러 시적 분위기는 돌연 변해 갑자기 죽음의 세계로 돌입한다.

* 사람이 죽어서 새로운 육체를 받기 전의 존재인 영혼신.

31_ 담배

나의 긴 한숨을 동무하는
못 잊게 생각나는 나의 담배!
來歷을 잊어바린 옛 時節에
났다가 새 없이 몸이 가신
아씨님 무덤 위의 풀이라고
말하는 사람도 보았어라.
어물어물 눈앞에 스러지는 검은 煙氣,
다만 타붙고 없어지는 불꽃.
아 나의 괴로운 이 맘이여.
나의 하염없이 쓸쓸한 많은 날은
너와 한가지로 지나가라.

제5부의 첫 시에서 화자는 담배를 '아씨님 무덤 위의 풀'이라고 생각한다. 그 '아씨'는 옛 시절의 설화에서 전해지는 존재이기도 하지만, 시적 화자가 정말 찾고자 하는 자신의 '님'과 만날 수 있는 촉매의 역할을 하기도 한다.

시베리아 중앙의 강신무들은 지독한 담배, 독초들을 통해 환각의 세계로 들어감으로써 죽은 자와 만난다. 시적 화자도 그렇게 '타붙고 없어지는 불꽃'이 되어 죽은 자들의 세계로 들어가고 있는 듯하다. 접신의 단계로 들어가는 제5부의 첫 시는 이렇게 시작된다.

32_ 失題

이 가람과 저 가람이 모두 처 흘러
그 무엇을 뜻하는고?

미더움을 모르는 당신의 맘

죽은 듯이 어두운 깊은 골의
꺼림칙한 괴로운 몹쓸 꿈의
퍼르죽죽한 불길은 흐르지만
더듬기에 지치운 두 손길은
불어가는 바람에 식히셔요

밝고 호젓한 보름달이
새벽의 흔들리는 물노래로
수줍음에 추움에 숨을 듯이
떨고 있는 물 밑은 여기외다.

미더움을 모르는 당신의 맘

저 山과 이 山이 마주서서
그 무엇을 뜻하는고?

죽은 듯이 어두운 깊은 골, 꺼림칙한 괴로운 몹쓸 꿈, 퍼르죽죽한 불길이 보여주는 바는 죽은 자의 세상, 즉 저승이다. 시적 화자는 그 저승의 세계를 뜨거운 손길로 더듬으며 무엇인가를 찾고 있다. 무당의 신열(身熱)을 연상시키는 이 뜨거움을 식히기 위해서는 시원한, 밝고 호젓한 보름달이 필요하다. 그런데 그 보름달은 하늘에 있는 게 아니라, "새벽의 흔들리는 물노래"가 되어 물 밑에 비추이고 있다.

저승에서 천상으로, 다시 이승으로 이어지는 이 그리움의 신열이야말로 우주가 창조되는 원리인 게 아닐까. 강(가람)과 산이 서로 만나는 이 시의 첫 부분과 끝부분의 언급은 생명의 유한에 떨고 있는 이 지상의 어린 생명체들에게 우주적인 상상력을 제공한다.

시적 화자는 "(강과 산이) 무엇을 뜻하는고?"라고 두 차례나 묻고 있다. 그 답을 모르니 이 시의 제목이 '실제'일 수밖에 없다. 우주는 이렇게 무엇을 뜻하는 것인지도 모르는 채 순환되고 있는 것.

33_ 어버이

잘살며 못살며 할 일이 아니라
죽지 못해 산다는 말이 있나니,
바이 죽지 못할 것도 아니지마는
금년에 열네 살, 아들딸이 있어서
순복네 아부님은 못하노란다.

자식들이 있어 죽지 못해 사는 어버이의 삶은 예나 지금이나 도처에 있으리라. 앞의 시 「실제(失題)」와 겹쳐 읽어보자. 우주는, 이 세상은 이러한 고통과 신열 속에서 지속된다.

34_ 父母

落葉이 우수수 떨어질 때,
겨울의 기나긴 밤,
어머님하고 둘이 앉아
옛이야기 들어라.

나는 어쩌면 생겨나와
이 이야기 듣는가?
묻지도 말아라, 來日 날에
내가 부모 되어서 알아보랴?

시제가 조금 의심스러운 대목이 있다. 낙엽이 우수수 떨어지는 것은 가을이니까, 겨울에는 낙엽이 거의 없어야 한다. 그러므로 문법적으로는 낙엽이 우수수 "떨어진 후" 겨울의 기나긴 밤이 와야 한다. 그러나 위의 시에서 낙엽이 우수수 떨어지는 순간으로서의 가을과 겨울은 바로 붙어 있다. 이승에서의 삶은 그토록 짧고 순간적인 것!

1970년대에 가수 홍민이 위의 시를 대중가요로 불렀다. 가을이 되자마자 바로 겨울이 되는 현실에서의 삶, 그 짧은 순간에 우리는 자식에서 부모가 된다. 이승에서의 짧고 허망한 삶과 옛이야기로 전해지는 머나먼 신화적 삶은 홍민의 담담한 목소리에 잘 담겨 있었던 것으로 생각된다.

시적 화자가 듣고 있는 "옛이야기"는 과연 무엇일까. 필자는 그것이 신화라고 생각한다. 인간이 어떻게 생겨났는가에 대한 궁금증이 바로 신화의 태동 이유이기 때문.

인디언들은 자신의 삶이 조상의 삶과 연속되어 있다고 믿었다. 신화학자 조셉 캠벨은 분리되지 않고 연속된 그들의 삶을 '긴 몸(long body)'이라 부른다. 우리 또한 옛이야기에서 '긴 몸'의 이야기를 듣고 있는 셈이다.

35_ 후살이

홀로 된 그 女子

近日에 와서는 후살이 간다 하여라.

그렇지 않으랴, 그 사람 떠나서

이제 十年, 저 혼자 살은 오늘날에 와서야……

모두 다 그럴듯한 사람 사는 일레요.

과부가 되어 10년간 살다가 이제 막 다른 사람의 첩이 되기 위해 후살이를 떠나는 여자. 시적 화자는 "그 여자"의 삶을 조용하게 축복해주고 있는 듯하다. "모두 다 그럴듯한 사람 사는 일"이니 이제 그 여자는 좀더 행복하게 살아도 되는 것이다.

그런데 이 시에는 아직 "그 사람"의 그림자가 남아 있다. 후살이를 떠나 새로운 인생을 살아야 할 그 여자에 대한 축복보다는 그 여자가 10년 동안이나 잊지 못하고 있던 죽은 "그 사람"의 그림자가 여전히 남아 있어서, 이 시조차 남다르다. 소월 시에서 죽음의 그림자는 이토록 완강하게 남아 있다.

36_ 잊었던 맘

집을 떠나 먼 저곳에
외로이도 다니던 내 心事를!
바람 불어 봄꽃이 필 때에는,
어찌타 그대는 또 왔는가,
저도 잊고 나도 저 모르던 그대
어찌하여 옛날의 꿈조차 함께 오는가.
쓸데도 없이 서럽게만 오고 가는 맘.

시적 화자는 집을 떠나 유랑하고 있다. 유랑의 어느 길목에서 살아 있는 '그대'를 우연히 만난 것일까. 그런데 '그대'는 살아 있는 현실 속의 그대는 아닌 듯하다. 현실 속의 만남이었다면 나와 그대는 바람 불어 봄꽃 '피었을' 때 만났어야 한다. 그런데 이 시에서의 만남은 바람 불어 봄꽃이 "필" 때 이루어진다.

시적 화자가 유랑하다가 그대를 만났을 때가 이 시의 서술 시제라고 한다면, "바람 불어 봄꽃이 필 시점"은 훨씬 미래의 시점이다. 다시 말해 아직 만나지 못했던 것.

그 아득한 미래의 시점에서는 "저도 잊고 나도 저 모르던" 희한한 일이 벌어질 수도 있지 않은가. 죽은 자와 산 자가 만날 수 있는 시간대는 "바람 불어 봄꽃이 필 때"이지만, 아직 그 시간은 이 시의 현장 바깥에 있는 것이다.

37_ 봄비

어룰없이 지는 꽃은 가는 봄인데

어룰없이 오는 비에 봄은 울어라.

서럽다, 이 나의 가슴속에는!

보라, 높은 구름 나무의 푸릇한 가지.

그러나 해 늦으니 어스름인가.

애달피 고운 비는 그어 오지만

내 몸은 꽃자리에 주저앉아 우노라.

'어룰'은 얼굴로 풀이된다. 왜 시적 화자는 봄꽃과 봄비를 두고 "얼굴이 없다"고 읊조리고 있을까. 이내 서럽기 때문이라고 답하기도 하지만, "높은 구름"과 "나무의 푸릇한 가지"를 쳐다보느라 봄꽃과 봄비에 신경을 쓸 마음의 여유가 없기 때문이라고 말하고 있는 셈이다. "보라"라고 외치고 있지 않은가.

"높은 구름"과 "나무의 푸릇한 가지"를 통해 보는 것은 지금 내 곁에 없는 존재임이 틀림없다. 내 곁을 떠난 죽은 자를 향한 사무친 그리움 때문에 시적 화자는 지천으로 널려 있는 봄의 한복판, 꽃자리에 주저앉아 울고 있는 것.

38_ 비단안개

눈들에 비단안개에 둘리울 때,
그때는 차마 잊지 못할 때러라.
만나서 울던 때도 그런 날이요,
그리워 미친 날도 그런 때러라.

눈들에 비단안개에 둘리울 때,
그때는 홀목숨은 못살 때러라.
눈 풀리는 가지에 당치마 귀로
젊은 계집 목매고 달릴 때러라.

눈들에 비단안개에 둘리울 때,
그때는 종달새 솟을 때러라.
들에랴, 바다에랴, 하늘에서랴
아지 못할 무엇에 醉할 때러라.

눈들에 비단안개에 둘리울 때,
그때는 차마 잊지 못할 때러라.
첫사랑 있던 때도 그런 날이요
영이별 있던 날도 그런 때러라.

눈이 내리고 비단안개가 낀 그 순간은 첫사랑과 영이별이 있던 순간이기도 하고 그리워서 미쳐버리는 그 순간이기도 하다. 그 "알지 못할 무엇"에 취하는 순간은 홀로 살지 못해 젊은 계집이 목매고 자살하는 그 순간으로 집중되는데, 그 황홀함의 순간이 죽음의 순간에 맞닿아 있음에 주목할 필요가 있다.

1980년대 한국의 민중가요를 이끌었던 노찾사(노래를 찾는 사람들)의 멤버였던 조경옥의 노래 「비단안개」를 들어보라. 민주화에 대한 열망이 비단안개를 뚫고 오르는 종달새처럼 황홀했던 순간도 있지 않았던가. 조경옥의 노래는 그 죽음과도 같은 황홀함을 들려준다.

39_ 記憶

달 아래 싀멋없이 섰던 그 女子,
서 있던 그 女子의 해쓱한 얼굴,
해쓱한 그 얼굴 적이 파릇함.
다시금 실 벋듯한 가지 아래서
시커먼 머리칼은 반짝거리며.
다시금 하룻밤의 식는 江물을
平壤의 긴 담장은 스치고 가던 때.
오오 그 싀멋없이 섰던 여자여!

그립다 그 한밤을 내게 가깝던
그대여 꿈이 깊던 그 한동안을
슬픔에 귀여움에 다시 사랑의
눈물에 우리 몸이 맡기었던 때.
다시금 고즈넉한 城밖 골목의
四月의 늦어가는 뜬눈의 밤을
한두個 灯불빛은 울어새던 때.
오오 그 싀멋없이 섰던 女子여!

'싀멋없이'는 '생각 없이' 혹은 '힘없이' 정도의 표현으로 보인다. 해쓱한 얼굴을 가진 한 여자와의 옛 기억을 회상하는 이 시에서

우리는 표정도 흔적도 없는 한 여자의 환영을 접한다. 그 여자의 부재에도 불구하고 다시 봄이 와서 가지에는 싹이 돋기 시작한다.

달밤의 해쓱한, 표정 없는 얼굴이야말로 귀신의 형상에 가깝다. 부재한 그녀는 어디에 있을까. 아마 죽은 자인지도 모른다. 시적 화자는 그녀를 '기억'해보고자 애쓸 뿐, 다시 만나고자 하는 어떠한 희망도 갖고 있지 않은 듯하다.

40_ 愛慕

왜 아니 오시나요.
暎窓에는 달빛, 梅花꽃이
그림자는 散亂히 휘젓는데.
아이. 눈 꽉 감고 요대로 잠을 들자.

저 멀리 들리는 것!
봄철의 밀물 소래
물나라의 玲瓏한 九重宮闕, 宮闕의 오요한 곳,
잠 못 드는 龍女의 춤과 노래, 봄철의 밀물 소래.

어두운 가슴속의 구석구석……
환연한 거울속에, 봄구름 잠긴 곳에,
소슬비 나리며, 달무리 둘려라.
이대도록 왜 아니 오시나요. 왜 아니 오시나요.

봄이지만, 시적 화자는 쉽게 잠들지 못한다. 저 멀리서 여인의 소리가 들리기 때문이다. 그녀가 살고 있는 곳은 현실에서 멀리 떨어진, 저승으로서의 용궁. 죽은 자인 그녀가 돌아올 리 없는데, 그녀의 소리만 들려올 뿐이다. "왜 아니 오시나요"라고 시적 화자는 두 번이나 외치고 있지만, 시적 화자는 돌아올 수 없는 이유를 너무 잘 알고 있다. 이승과 저승의 거리는 너무 멀기 때문이리라.

41_ 몹쓸 꿈

봄 새벽의 몹쓸 꿈
깨고나면!
울짖는 가막까치, 놀라는 소래,
너희들은 눈에 무엇이 보이느냐.

봄철의 좋은 새벽, 풀 이슬 맺혔어라.
볼지어다, 歲月은 도무지 便安한데,
두새없는 저 가마귀, 새들게 울짖는 저 까치야,
나의 凶한 꿈 보이느냐?

고요히 또 봄바람은 봄의 빈 들을 지나가며,
이윽고 동산에서는 꽃잎들이 흩어질 때,
말 들어라, 애틋한 이 女子야, 사랑의 때문에는
모두 다 사나운 兆朕인 듯, 가슴을 뒤노아라.

눈으로 보는 세계와 귀로 듣는 세계는 다르다. 눈앞에는 봄이 펼쳐져 있지만, '나의 흉한 꿈' 속에서는 길조를 전한다는 까치와 흉조를 전한다는 까마귀가 함께 '두새없이(이치에 맞지 않게)' '새들게(남이 알아들을 수 없게 저 혼자만)' 울고 있다.

까마귀와 까치가 시적 화자의 마음을 대변하며 울고 있지만,

'애틋한 그 여자'는 그 소리를 전혀 들을 수 없다. 그 여자가 살고 있는 세상은 봄이 오고 풀 이슬이 맺는 이승이 아니기 때문일 것이다.

42_ 그를 꿈꾼 밤

야밤중, 불빛이 밝하게
어렴풋이 보여라.

들리는 듯, 마는 듯,
발자국소래.
스러져가는 발자국소래.

아무리 혼자 누워 몸을 뒤채도
잃어바린 잠은 다시 안 와라.

야밤중, 불빛이 밝하게
어렴풋이 보여라.

보이는 것은 소리뿐이다. 셰익스피어의 「햄릿」에서도 햄릿은 억울하게 죽은 아버지를 직접 눈으로 볼 수 없다. 다만 소리의 형상으로 다가올 뿐. 그 소리가 한밤중에 환하게 보인다.

43_ 女子의 냄새

푸른 구름의 옷 입은 달의 냄새.
붉은 구름의 옷 입은 해의 냄새.
아니, 땀 냄새, 때 묻은 냄새,
비에 맞아 추거운 살과 옷 냄새.

푸른 바다…… 어질이는 배……
보드라운 그리운 어떤 목숨의
조그마한 푸릇한 그무러진 靈
어우러져 비끼는 살의 아우성……

다시는 葬死 지나간 숲속엣냄새.
幽靈 실은 널뛰는 뱃간엣냄새.
생고기의 바다의 냄새.
늦은봄의 하늘을 떠도는 냄새.

모래 두던 바람은 그물안개를 불고
먼 거리의 불빛은 달저녁을 울어라.
냄새 많은 그 몸이 좋습니다.
냄새 많은 그 몸이 좋습니다.

육체를 떠난 죽은 유령들에게서는 냄새가 나지 않지만, 산 자들의 몸에서는 냄새가 난다.* 그리하여 죽은 자들은 산 자들을 냄새로 판별한다.

인간에게서는 특별히 지독한 냄새가 난다고 한다. 일본과 그리스의 신화를 즐겨 등장시키는 미야자키 하야오 감독은 애니메이션 「센과 치히로의 행방불명」에서 이러한 냄새를 등장시켰다. 어린 소녀 치히로는 유바바가 지배하는 귀신의 나라에서 센으로 이름을 바꾸지만, 자신이 지닌 산 인간의 냄새를 감출 수 없다. 센은 이러한 위기를 극복하기 위해 구역질나는 목욕탕의 세계로 뛰어든다.

위의 시에서 시적 화자는 장례 대열이 지나간 숲의 냄새를 맡고, 유령을 실은 배의 냄새를 맡는다. 바다의 비릿한 냄새는 물론, 죽은 자의 시신에서 나는 냄새조차 좋다니?

우리는 이 시점에서 시적 화자의 상황을 이해하게 된다. 여자의 땀 냄새, 때 묻은 냄새, 그리고 시신의 냄새까지 좋은 이유는 거기에 일말의 생명이 붙어 있기 때문이다. 육신이 완전히 소멸한 지점에서는 냄새가 없어지는데, 아직 '그 여자의 냄새'는 시적 화자의 곁에서 사라지지 않았기 때문에 "냄새 많은 그 몸이 좋습니다"라고 두 번이나 외쳐야 했던 것. 아마 그 여자는 지금 이승과 저승의 경계 영역인 중천에 머물고 있는지 모른다.

---

* V. Y. 프로프, 최애리 역, 『민담의 역사적 기원』, 문학과지성사, 1990, 96쪽.

44_ 紛얼굴

불빛에 떠오르는 샛보얀 얼굴,
그 얼굴이 보내는 호젓한 냄새,
오고 가는 입술의 주고받는 盞,
가느스름한 손길은 아르대어라.

거무스러하면서도 불그스러한
어렴풋하면서도 다시 分明한
줄그늘 위에 그대의 목노리,
달빛이 수풀 위를 떠흐르는가.

그대하고 나하고 또는 그 계집
밤에 노는 세 사람, 밤의 세 사람,
다시금 술잔 위의 긴 봄밤은
소래도 없이 窓밖으로 새어 빠져라

분 냄새에 주목하면서, 앞의 시와 겹쳐 읽어보자. 이 시는 두 사람이 술잔을 주고받는 상황으로 보인다. 그런데 시적 화자는 "세 사람"이 마시고 있다고 말하고 있다. 그렇다면 하나는 귀신이 분명하다. 시적 화자는 "그대하고 나하고" 마시는 수작의 현장에 "또는 그 계집"을 삽입하고 있지 않은가.

그 여자는 저승에서 막 돌아온 혼령으로 보이기도 한다. 샛보얀 얼굴을 가지고 있는데, 게다가 "호젓한 냄새"까지 언뜻 비치는 듯하다. 앞에서 말했듯, 살아 있는 자만이 인간의 냄새를 풍길 수 있다. 그렇다면 "그 계집"은 '나'와 '그대'가 마시는 술자리에 마치 혼령이 부활하여 생생한 인간이 된 것처럼, 인간의 냄새를 풍기면서까지 생생하게 동석하고 있는 셈이다.

45_ 안해 몸

들고나는 밀물에
배 떠나간 자리야 있으랴.
어질은 안해인 남의 몸인 그대요
"아주, 엄마 엄마라고 불리우기 前에."

굴뚝이기에 烟氣가 나고
돌바위 아니기에 좀이 들어라.
젊으나 젊으신 청하늘인 그대요,
"착한 일 하신 분네는 天堂 가옵시리라."

성경에 의하면, 공중을 나는 독수리의 자취, 바다를 지나다니는 배의 자취, 남녀가 함께한 자취는 알 수 없다고 한다. 소월의 숙모 계희영은 이 일화를 인용하면서, 이 시에 기독교적인 함의가 있다는 점을 밝히고, 평양으로 분가하는 숙모 계희영에게 기독교에 귀의하여 행복하게 살 것을 기원하는 소월의 심정이 담긴 시로 읽은 적이 있다.* 그러나 '천당' 정도의 문구로 이 시를 그렇게 해석하는 것에는 다분히 무리가 따른다.

"안해의 몸"은 어디에 있는 것일까. 들고나는 밀물에서 배 떠

* 계희영, 위의 책, 255쪽.

나간 자리를 찾기는 힘들다. 그러니 지금 아내가 어디에 있는지도 알기 힘들다. 그러나 아내는 "엄마라고 불리우기 전에" 이미 "남의 몸"이 되었다.

"남의 몸"이 되었다는 말의 뜻은 무엇일까? 다른 남자를 찾아 재혼하였다? 위의 시는 그런 상황을 지시하는 것은 아닌 듯하다. "남의 몸"이란 우리가 처분할 수 있는 현실에서의 몸이 아닌, 저승에서의 몸을 말하는 게 맞는 듯하다.

인간은 바위와 달라서 생명이 극히 유한한 것. 젊은 나이에 이미 '푸른 하늘'이 되어버린 것. 시적 화자는 착한 일 하다 떠난 '그대'에게 천당행을 축원하는 길밖에 없다.

46_ 서울 밤

붉은 電灯.
푸른 電灯.
널따란 거리면 푸른 電灯.
막다른 골목이면 붉은 電灯.
電灯은 반짝입니다.
電灯은 그무립니다.
電灯은 또다시 어스렷합니다.
電灯은 죽은 듯한 긴 밤을 지킵니다.

나의 가슴의 속모를 곳의
어둡고 밝은 그 속에서도
붉은 電灯이 흐득여 웁니다,
푸른 灯電이 흐득여 웁니다.

붉은 電灯.
푸른 電灯.
머나먼 밤하늘은 새캄합니다.
머나먼 밤하늘은 색캄합니다.

서울 거리가 좋다고 해요,
서울 밤이 좋다고 해요.
붉은 電灯.

푸른 電灯.
나의 가슴의 속모를 곳의
푸른 電灯은 孤寂합니다.
붉은 電灯은 孤寂합니다.

붉고 푸른 전등이 켜진 서울 야경을 배경으로 삼고 있지만, 시적 화자는 여전히 "나의 가슴의 속모를 곳"을 응시하고 있다.

소월 시에서 서울이 언급된 것은 이 시가 처음인 것으로 보인다. 남들은 서울이 좋다고 말하지만, 시적 화자는 서울에 대한 호오의 감정을 드러내지 않는다. 그에게 서울은 특별한 의미가 없다. 다만 자신의 비애와 고적을 응시할 뿐.

한밤중의 만남

47_ 가을 아침에
48_ 가을 저녁에
49_ 半달

제6부에는 세 편의 시가 배열되어 있다. 늦가을에서 초겨울에 이르기까지의 시간적 배경을 다루고 있으니까 소제목에 '가을~'을 제시하는 게 자연스러워 보이는데, 시인은 굳이 「半달」을 소제목으로 올렸다.

가을에 뜨는 반달에서 자정 무렵의 심야를 떠올려보면 어떨까. 이제 시적 화자는 죽은 자의 혼령이 가장 활발하게 활동을 개시할 밤의 한복판, '반달'의 세계에 들어선 것이다.

이들 시에서 현실의 시공간은 이상하게 뒤틀린다. 차가운 안개 위에 들판이 떠오르기도 하고, 긴 들판이 서서히 공중부양하기도 한다. 그 이상한 시공간에서 시적 화자는 귀신들을 만나고 있는 듯하다.

47_ 가을 아침에

아득한 퍼스레한 하늘 아래서
灰色의 지붕들은 번쩍거리며,
성깃한 섶나무의 드문 수풀을
바람은 오다가다 울며 만날 때,
보일락말락하는 멧골에서는
안개가 어스러히 흘러 쌓여라.

아아 이는 찬비 온 새벽이러라.
냇물도 잎새 아래 얼어붙누나.
눈물에 싸여 오는 모든 記憶은
피 흘린 傷處조차 아직 새로운
가주난 아기같이 울며 서두는
내 靈을 에워싸고 속살거려라.

"그대의 가슴속이 가뷔엽든 날
그리운 그 한때는 언제였었노!"
아아 어루만지는 고운 그 소래
쓰라린 가슴에서 속살거리는,
미움도 부끄럼도 잊은 소래에,
끝없이 하염없이 나는 울어라.

“가주난 아기”는 갓난아기로 풀이된다. 시적 화자는 갓난아기처럼 울고 있다. 이 시에서 인용부호(원본에서는 겹낫표)로 처리된 부분에 주목해보자.

> “그대의 가슴속이 가뷔엽든 날
> 그리운 그 한때는 언제엿었노!”

왜 그대의 가슴은 가벼웠을까? 시적 화자는 미움도 부끄러움도 없었던 그 달콤한 사랑의 순간을 기억해보려 하지만, 그 묵직한 현실의 감각은 느껴지지 않고 다만 가벼움만으로 기억될 뿐이다. 그대는 현실에 없는 존재이기 때문이리라. 그대가 없는 현실이기에 시적 화자조차 영(靈)으로 떠돌고 있지 않은가.

48_ 가을 저녁에

물은 희고 길구나, 하늘보다도.
구름은 붉구나, 해보다도.
서럽다, 높아가는 긴 들 끝에
나는 떠돌며 울며 생각한다, 그대를.

그늘 깊어 오르는 발 앞으로
끝없이 나아가는 길은 앞으로.
키 높은 나무 아래로, 물마을은
성깃한 가지가지 새로 떠오른다.

그 누가 온다고 한 言約도 없건마는!
기다려볼 사람도 없건마는!
나는 오히려 못물가를 싸고 떠돈다.
그 못물로는 놀이 잦을 때.

시적 화자는 물가를 떠돌고 있는데, 연못에서는 사납고 큰 물결이 잦아들고 있다. 시적 화자는 온다는 언약도 없는 누군가를 기다리고 있는데, 그가 애타게 기다리고 있는 '그대'는 과연 누구일까.

가을 저녁이라는데, 이상하게도 공간이 비현실적으로 휘어지고 있는 느낌이다. 물가의 마을이 가지 사이에서 떠오르기도 하고,

강물은 하늘보다도 희고 길게 펼쳐져 있다. 해보다 더 붉은 구름도 이상하거니와, 지평선으로 넓게 펼쳐져야 할 긴 들이 점차 높아간다는 상황도 이해하기 어렵다.

마을과 강산 전체가 허공으로 붕 떠오르고 있다면, 이러한 환각은 어디에서 비롯된 것일까. 시적 화자는 현실의 강산을 떠나 '그대'가 머물고 있는 환각의 강산으로 공중부양하고 있는 건 아닐까.

필자는 화려하고 요란한 무당의 복식이 마치 무지개처럼 느껴진다고 이미 적은 바 있다. 무당이 무지개 옷을 입고 겅중겅중 뛰기 시작할 때, 그리고 마침내 칼날이 시퍼런 작두 위에 올라탔을 때, 무당은 현실에 존재하는 중력의 법칙을 벗어난 어떤 존재가 된다. 무당은 무지개를 타고 저 먼 세상으로 공중부양하는 존재가 아닐까. 이 시의 화자 또한 환상의 무지개를 타고 '그대'가 있는 곳으로 가고 있는 것이다.

49_ 半달

희멀끔하여 떠돈다, 하늘 위에,

빛 죽은 半달이 언제 올랐나!

바람은 나온다, 저녁은 칩구나,

흰 물가엔 뚜렷이 해가 드누나.

어두컴컴한 풀 없는 들은

찬 안개 우흐로 떠 흐른다.

아, 겨울은 깊었다, 내 몸에는,

가슴이 무너져 나려앉는 이 설움아!

가는 님은 가슴엣사랑까지 없애고 가고

젊음은 늙음으로 바뀌어든다.

들가시나무의 밤 드는 검은 가지

잎새들만 저녁빛에 희그무레히 꽃지듯 한다.

빛이 약한 반달은 죽음을 연상시킨다. 3연에서 "가는 님"은 내 가슴속의 사랑마저 없애버리고, 시적 화자는 그 상실된 사랑과 함께 젊은이에서 노년의 단계까지 질기게도 살아가고 있다.

그런데 왜 "가버린 님"이 아니라 "가는 님"일까? 아직 그 님은 가버린 게 아니라는 것일까. 가버린 게 아니라면, 시적 화자는 아직 그 님과 함께 빛조차 희미한 몽환의 공간에서 함께 살고 있는 것으로 보인다. 그 세계가 이승인지 저승인지는 분별조차 힘들다.

저승의 전령사, 귀뚜라미

50_ 만나려는 心思
51_ 옛낯
52_ 깊이 믿던 心誠
53_ 꿈
54_ 님과 벗
55_ 紙鳶
56_ 오시는 눈
57_ 설움의 덩이
58_ 樂天
59_ 바람과 봄
60_ 눈
61_ 깊고 깊은 언약
62_ 붉은 潮水
63_ 남의 나라 땅
64_ 千里萬里
65_ 生과 死
66_ 漁人
67_ 귀뚜라미
68_ 月色

시집『진달래꽃』은 총 126편의 시가 16개의 소제목 아래에 실려 있으니, 소제목 하나에 평균 7편 정도의 시가 실려 있는 셈이다. 그런데 제7부에는 19편의 시가 실려 있으니, 가장 많은 시가 집중된 부분이다.

왜 이곳에 가장 많은 시가 몰려 있을까. '귀뚜라미'가 우는 한밤중, 시적 화자는 가장 가까운 거리에서 귀신과 만나고 있는 듯하다. 귀신과의 거리가 가까워지니 할 말도 더 많아지는 법. 시집 전체의 구성에서 보면, 이승으로부터 가장 멀리 떨어진 시간과 공간에 제7부의 시들「귀뚜라미」가 놓여 있는 셈이다.

50_ 만나려는 心思

저녁 해는 지고서 어스름의 길,
저 먼 山엔 어두워 잃어진 구름,
만나려는 심사는 웬 셈일까요,
그 사람이야 올 길 바이 없는데,
밤길은 누 마중을 가잔 말이냐.
하늘엔 달 오르며 우는 기러기.

기다림은 한국 시의 오래된 정서이다. 그런데 기다리는 대상이 살아 있는 님은 아닌 듯하다. 그 사람은 올 리가 없다는 것이다. 그렇다면 그가 기다리고 있는 것은 혹시 죽은 자의 혼령이 아닐까.

아버지의 죽음과 어머니의 재혼을 한꺼번에 겪고 있는 햄릿은 혼란 속에서 밤길의 유령을 만난다. 억울하게 죽은 아버지가 돌아온 것이다. 어떤 비평가들은 햄릿이 만난 게 죽은 자의 혼령이 아니라 햄릿 자신의 무의식이라고 말한다. 날카로운 지적인 듯하지만, 혼령이야말로 무의식이지 않을까?

시적 주체는 오지 않는 그 누군가를 매양 기다리고 있다. 그렇다면 그 기다림의 원천이 되는 무의식은 무엇일까 묻지 않을 수 없다.

51_ 옛낯

생각의 끝에는 졸음이 오고
그리움의 끝에는 잊음이 오나니,
그대여, 말을 말아라, 이後부터
우리는 옛낯 없는 설움을 모르리.

"옛낯"은 알고 지낸 지 오래된 사람, 즉 구면(舊面)을 뜻할 것이다. 그런데 이 시에서는 옛사람을 그리워하다가 잊게 된 것 자체가 설움이라고 말하는 듯하다.

그렇다면 "옛낯 없는 설움"을 알아야 하는데, 시적 주체는 "모르리"라고 읊조리고 있다. 알아야 하는 것, 그럼에도 잊어야 하는 것. 이 사이에 이 시의 긴장이 있다.

"그대여"를 해석할 일이 막연하다. 혹 죽은 자를 뜻하는 건 아닐까. 그대는 이미 죽은 자니까 더 이상 내게 말을 건네지 말라는 것. 나는 이제 그대를 잊어야 하니까.

52_ 깊이 믿던 心誠

깊이 믿던 心誠이 荒凉한 내 가슴속에,
오고가는 두서너 舊友를 보면서 하는 말이
'인제는, 당신네들도 다 쓸데없구려!'

현실의 세계에서 서로 왕래하는 두서너 명의 친구들에게 당신들은 다 쓸데없다고 말한다. 그 이유는 시적 주체가 이미 이승의 세계를 초월한 바깥의 대상에 쏠려 있기 때문. 그는 저승의 세계에 '깊이 믿던 마음의 심성'을 기울이고 있는 것.

53_ 꿈

꿈? 靈의 해적임. 설움의 故鄕.

울자, 내 사랑, 꽃 지고 저무는 봄.

프로이트에 의하면, 꿈은 무의식에 이르는 왕도이다. 시적 주체가 꾸는 꿈은 온통 설움으로 가득 차 있는데, 그 이유는 꿈속에서 "내 사랑"과 함께 울고 있기 때문이다.

왜 꿈속에서만 내 사랑을 만날 수 있을까. 내 사랑은 산 자가 아니기 때문. 그 저승의 세계에서는 꽃이 지고, 봄이 저문다.

54_ 님과 벗

벗은 설움에서 반갑고
님은 사랑에서 좋아라.
딸기꽃 피어서 香氣로운 때를
苦椒의 붉은 열매 익어가는 밤을
그대여, 부르라, 나는 마시리.

붉은 고추가 익고 딸기 꽃이 피는 시절은 아마 6월 정도로 추정된다. 그 좋은 계절에 그대는 부르고, 나는 술을 마신다.

그런데, 그대가 부르는 게 무엇일까? 그대가 노래를 부르고 내가 술을 마시는 흥겨운 자리일까. 아니면 이승에 없는 그대가 술잔을 앞에 둔 나를 저승의 세계로 호명(呼名)하고, 나는 죽은 자인 그대를 찾아가는 것일까. 후자일 가능성이 농후하다. '님과 벗'은 사랑의 대상이지만, 또한 설움의 대상이기 때문이다.

시적 주체를 무당, 혹은 제사를 올리는 제주(祭主)로 본다면, 혼령이 '나'를 부르기에 '나'는 술을 마시는 게 아닐까. 내가 할 수 있는 일은 그저 술을 마시는 것뿐이다. 그리고 술에 취하면 '그대'의 부름에 응할지 모른다.

55_ 紙鳶

午后의 네길거리 해가 들었다,

市井의 첫겨울의 寂寞함이여,

우두키 문어귀에 혼자 섰으면,

흰눈의 잎사귀, 紙鳶이 뜬다.

첫겨울의 따뜻한 날에 종이 연이 하늘에 떠 있고, 그것을 우두커니 문어귀에 서서 바라보고 있다.

'어귀'는 내부와 외부의 경계 지점이다. 경계 지점은 매우 위험한 곳이다. 그것은 삶과 죽음의 경계일 수도 있기 때문이다. 예전의 할머니들은 문턱 위에 서 있는 것을 몹시 나무랐다. 문턱이야말로 이승과 저승 사이의 경계일 수 있기 때문이다. 제의학파에서는 이들 문턱에서 겪는 삶의 위기를 '통과제의(rite of passage)'라는 용어로 정리한 듯하다.

시적 주체는 이승과 저승의 경계 지점에서 저승의 세계에 홀로 떠 있는 하얀 영혼으로서의 종이 연을 보고 있는 게 아닐까.

56_ 오시는 눈

땅 위에 새하얗게 오시는 눈.

기다리는 날에는 오시는 눈.

오늘도 저 안 온 날 오시는 눈.

저녁불 켤 때마다 오시는 눈.

눈은 매양 내리는 듯하지만 "오시는 눈"에는 세 가지 조건이 따른다. 첫째, 기다리는 날에는 늘 온다. 둘째, 저녁불 켤 때에는 늘 온다. 셋째, "저 안 온 날"에만 눈이 온다. 저녁에 불을 켜고 간절히 그대를 기다리지만, 그대는 오지 않고 눈만 내릴 뿐이다.

바로 앞의 시 「紙鳶」과 함께 읽으면, '종이 연'과 '눈'이 상징하는 바를 쉽게 상기해낼 수 있을 것이다.

57_ 설움의 덩이

꿇어앉아 올리는 香爐의 香불.

내 가슴에 조그만 설움의 덩이.

초닷새 달 그늘에 빗물이 운다.

내 가슴에 조그만 설움의 덩이.

시적 화자는 향불을 켜고 죽은 자를 기리는 중이다. 마음에 조그만 설움이 있는 것은 죽은 자에 대한 기억 때문일 것이다. 방 바깥의 스산한 밤기운에 비가 내릴 때, 시적 화자는 거기에서 죽은 자의 울음소리를 듣고 있는 것으로 보인다.

58_ 樂天

살기에 이러한 세상이라고
맘을 그렇게나 먹어야지,
살기에 이러한 세상이라고,
꽃 지고 잎 진 가지에 바람이 운다.

제목은 '낙천'이지만, 시적 화자의 중얼거림이 그리 낙천적으로 느껴지지는 않는다. "살기에 이러한 세상"이라는 중얼거림에서도 삶에 대한 애착은 느껴지지 않는다. 삶의 희로애락에 대한 어떠한 감정도 드러내지 않는, 그냥 삶은 이렇다고 말하는 그에게서는 삶의 어떤 경계를 초월해버린 듯한 해탈의 경지가 감지된다.

꽃은 늘 지기만 하는 것. 인생의 끝에는 매양 죽음이 있는 것. 그러기에 늘 스산한 바람이 이는 것이다.

59_ 바람과 봄

봄에 부는 바람, 바람 부는 봄,
작은 가지 흔들리는 부는 봄바람,
내 가슴 흔들리는 바람, 부는 봄,
봄이라 바람이라 이내 몸에는
꽃이라 술盞이라 하며 우노라.

이 시에서도 봄바람의 부드러움, 따뜻함이 감지되지 않는다. 따뜻한 봄바람이 불고 있지만, 시적 화자는 지는 꽃을 바라보며, 술잔을 들고 지금 이 자리에 없는 누군가를 기다리는 듯하다. 여전히 울음의 세계에 빠져 있는 것이다.

60_ 눈

새하얀 흰눈, 가비얍게 밟을 눈,
재 같아서 날릴 듯 꺼질 듯한 눈,
바람엔 흩어져도 불길에야 녹을 눈.
계집의 마음. 님의 마음.

눈은 가볍게 날린다. 시적 화자는 그 눈을 바라보며 그의 곁을 떠난 "계집"을 연상한다.

화로의 뜨겁던 재는 바람에 날리면 이내 꺼져버린다. 재는 가볍게 날리는 듯하지만, 이내 온기를 잃고 사라져버린다. 시적 화자의 가슴은 뜨거운 불길에 가까웠을 것이다. 시적 화자를 떠나버린 "계집"은 이내 재처럼 식어버리고 사라져버린 것. 소월은 아름답고 하얀 눈을 보면서도 여자의 죽음을 연상하는 듯하다.

61_ 깊고 깊은 언약

몹쓸은 꿈을 깨어 돌아누울 때,
봄이 와서 멧나물 돋아나올 때,
아름다운 젊은이 앞을 지날 때,
잊어버렸던 듯이 저도 모르게,
얼결에 생각나는 '깊고 깊은 언약'

이제는 "깊고 깊은 언약"을 지킬 수 없다. 님은 영원히 사라졌기 때문이다. 이승의 악몽과 봄의 정취 속에서 없는 님에 대한 실감은 너무도 크다.

62_ 붉은 潮水

바람에 밀려드는 저 붉은 潮水
저 붉은 潮水가 밀려들 때마다
나는 저 바람 위에 올라서서
푸릇한 구름의 옷을 입고
불같은 저 해를 품에 안고
저 붉은 潮水와 나는 함께
뛰놀고 싶구나, 저 붉은 潮水와.

'나'는 바람 위에 올라타고 구름의 옷을 입는 존재가 된다. 왜? "붉은 조수"와 뛰놀기 위해서.

붉은 조수는 짭짜름한 바닷물, 석양의 붉은 해와 겹쳐진다. 이러한 불길한 이미지야말로 원한이 깃든 사자의 영혼을 뜻하는 게 아닐까. 울긋불긋한 옷을 입고 바람과 붉은 조수와 한 몸이 된 나의 모습은 엑스터시(ecstasy)에 빠진 무당을 연상시킨다.

63_ 남의 나라 땅

돌아다보이는 무쇠다리
얼결에 뛰어 건너서서
숨 고르고 발 놓는 남의 나라 땅.

한강철교가 1900년, 압록강철교가 1911년 개통되었다고는 하나, 위의 시에 언급된 '무쇠다리'를 이런 방식으로 읽고 싶지는 않다. 또한 "남의 나라 땅"을 소월이 유학을 떠났던 일본이나 그가 방랑 중에 들렀을지도 모를 중국 땅 정도로 생각하는 것은 이 시의 분위기에 적합하지 않다. 이 시에서 '무쇠다리'를 이승과 저승을 연결하는 다리로 해석해보면 어떨까.

이미 앞의 시에서 시적 화자는 바람 위에 올라타고 구름의 옷을 입는 존재가 되지 않았던가. 현실의 시공간을 초월한 그가 성큼 들어선 땅은 살벌한 저승세계일지 모른다. 님을 찾아가다 보니 얼결에 이승의 경계를 넘어선 것.

시적 화자는 무시무시한 저승의 세계에 들어섰을지언정 숨을 고르며 발을 들여놓는다. 님을 만나려면 이만한 배짱과 용기가 필요한 것이다.

64_ 千里萬里

말리지 못할 만치 몸부림하며
마치 千里萬里나 가고도 싶은
맘이라고나 하여볼까.
한 줄기 쏜살같이 뻗은 이 길로
줄곧 치달아 올라가면
불붙는 山의, 불붙는 山의
煙氣는 한두 줄기 피어올라라.

공중부양한 시적 주체는 쏜살같이 '불붙는 산'을 향해 치달아 올라간다. 그 산은 불교적 우주관의 중심에 있는 수미산을 연상시킨다. 육신의 불이 다한 다음에 남는 한두 줄기 연기 속에서 시적 화자는 누군가를 만날 것이다.

65_ 生과 死

살았대나 죽었대나 같은 말을 가지고
사람은 살아서 늙어서야 죽나니,
그러하면 그 亦是 그럴듯도 한 일을,
何必코 내 몸이라 그 무엇이 이째서
오늘도 山마루에 올라서서 우느냐.

바로 앞의 시 「천리만리」에서도 그랬지만, 시적 주체는 '산마루'에 오른다. 왜 자꾸 산에 오르는 것일까. 이미 한 논자는 김소월의 시들에서 신화적 의미의 '우주산'을 찾아낸 바 있다.

> 김소월은 여러 시들을 통해서 이렇게 죽음과 삶을 전체적으로 알아볼 수 있는 일종의 우주산을 올라가고 싶어 했다. 「하다못해 죽어달내가 옳나」에서는 "좀더 높은 데서나 보았으면"이라고 하는가 하면, 「생과 사」에서는 "오늘도 산마루에 올라서서 우느냐"고 하였다…… 이러한 몸부림은 그의 시편들에 다양하게 나타나는 만수산, 제석산, 약산 등과 어울려 우리의 근원적인 산악신앙의 뿌리에 그의 상상력이 깊이 자리 잡고 있음을 보여준다.*

* 한계전 외, 『시집이 있는 풍경』, 위즈북스, 2003, 31~32쪽.

산마루에 올라서서 우는 이유는, 시적 주체는 산 자이고 죽은 자는 이미 이곳에 없는 까닭일 것이다. 생과 사는 사람의 일상사이지만, 하필 '나'만 살아 있기 때문에 울 수밖에 없는 것. 산에 올라 죽음과 삶 전체를 조망하는 것이다.

66_ 漁人

헛된 줄 모르고나 살면 좋아도!
오늘도 저 넘에便 마을에서는
고기잡이배 한 隻 길 떠났다고.
昨年에도 바닷놀이 무서웠건만.

고기잡이배를 타고 나갔던 어부는 죽어서 돌아오지 못했다. 삶이란 좋은 것이지만, 이토록 허망한 것이다.

시적 주체는 오늘 막 떠난 고기잡이배에 탄 사람들에게서도 죽음의 냄새를 맡는다.

67_ 귀뚜라미

山바람 소래.
찬비 듣는 소래.
그대가 世上苦樂 말하는 날 밤에,
숫막집 불도 지고 귀뚜라미 울어라.

시적 주체는 산바람, 찬비, 귀뚜라미 울음을 들으면서 한편으로는 '그대'의 세상 이야기를 듣는다. '그대'의 소리가 적막하게 느껴지는 것은 숫막집 불이 다 꺼질 정도의 긴 시간 동안 '나'가 화답하지 못하는 까닭일 것이다. '그대'는 시적 주체가 화답할 수 없는 시공간에 있는 존재가 아닐까.

68_ 月色

달빛은 밝고 귀뚜라미 울 때는
우두커니 싀멋없이 잡고 섰던 그대를
생각하는 밤이어, 오오 오늘밤
그대 찾아 데리고 서울로 가나?

시적 주체가 그대를 만나 함께 서울로 갈 가능성은 거의 없어 보인다. '그대'에 대한 기억은 '우두커니 싀멋없이 잡고 섰던' 먼 과거의 것에 국한되어 있기 때문이다.

이승과 저승의 역전

제8부에서는 바다가 변해서 뽕나무밭이 된다. 이제 이승과 저승이 뒤바뀐 게 아닐까. 시적 화자와 '그대' 혹은 '님'과의 만남은 서로의 경계를 넘어선 지점에서 이루어지고 있으니, 이야말로 황홀경(ecstasy), 망아(忘我, trance)의 단계라 볼 수 있다.

69_ 不運에 우는 그대여

不運에 우는 그대여, 나는 아노라
무엇이 그대의 不運을 지었는지도,
부는 바람에 날려,
밀물에 흘러,
굳어진 그대의 가슴속도.
모두 지나간 날의 일이면.
다시금 또 다시금
赤黃의 泡沫은 북고여라, 그대의 가슴속의
暗靑의 이끼여, 거치른 바위
치는 물가의.

"북고여라"는 '부글부글하면서 고이다' 정도로 풀이된다. '불운에 우는 그대'의 사연은 가까운 과거의 일이 아니다. 가슴속에 '暗靑의 이끼'가 낄 정도로 오래된 과거의 일로 보인다. 그렇다면 '그대'는 '나'의 손길이 미치지 않는 곳에 멀리 떨어져 있는 듯하다.

이 시의 '불운'은 무엇일까. '적황의 포말'이 얼마나 섬뜩한지 공감할 수 있다면, 그 불운이 그저 사소한 일상사에서 벌어지는 일은 아닐 듯하다. 그렇다면 이 '불운'은 '죽음'을 뜻하는 게 아닐까. '그대'가 그 불운의 늪에서 결코 돌아올 수 없다는 점을 감안해보자.

70_ 바다가 變하여 뽕나무밭 된다고

건잡지 못할 만한 나의 이 설움,
저무는 봄 저녁에 져가는 꽃잎,
져가는 꽃잎들은 나부끼어라.
예로부터 일러오며 하는 말에도
바다가 變하여 뽕나무밭 된다고.
그러하다, 아름다운 靑春의 때의
있다던 온갖 것은 눈에 설고
다시금 낯모르게 되나니,
보아라, 그대여, 서럽지 않은가,
봄에도 三月의 져가는 날에
붉은 피같이도 쏟아져 나리는
저기 저 꽃잎들을, 저기 저 꽃잎들을.

상전벽해(桑田碧海)는 뽕나무밭이 변하여 바다가 된다는 뜻으로 창상지변(滄桑之變)이라는 한자성어로도 알려져 있다. 상전벽해는 도저히 불가능한 일들로 보이는 것들도 세월이 지나면 기적적으로 일어날 수도 있다는 희망의 메시지이기도 하다. 그러나 위의 시에서 '나'와 '그대'의 서러움은 '아름다운 청춘'의 시간이 다시 돌아올 수 없다는 것에서 기인한다. 우리에게는 상전벽해의 기적이 일어날 수 없다는 것.

차가운 바다가 저승을 상징한다면, 마침 봄이 와서 봄의 청춘이 한창인 뽕나무밭은 이승을 상징할 터이다. 그런데 시적 화자가 걷잡지 못할 만큼 서러운 것은 저승의 어떤 것들은 돌아와서 봄을 즐기고 있지만, 저승의 '그대'만큼은 이승의 뽕나무밭에 돌아오지 못했기 때문일 것이다. '저기 저 꽃잎들을'을 두 번이나 외치는 이유도 여기에 있을 것이다.

71_ 黃燭불

黃燭불, 그저도 까맣게
스러져가는 푸른 窓을 기대고
소리조차 없는 흰 밤에,
나는 혼자 거울에 얼굴을 묻고
뜻 없이 생각 없이 들여다보노라.
나는 이르노니, "우리 사람들
첫날밤은 꿈속으로 보내고
죽음은 조는 동안에 와서,
別 좋은 일도 없이 스러지고 말아라."

이승의 즐거움은 잠깐 사이에 사라져버린다. 첫날밤은 꿈처럼 흘러가버렸고, 죽음은 잠깐 조는 사이 순식간에 찾아온다.

이제 죽음만 우리 곁에 남아 있다. 시적 화자는 황촉불을 켜놓고 죽은 자를 기리고 있는 것.

72_ 맘에 있는 말이라고 다할까 보냐

하소연하며 한숨을 지으며
세상을 괴로워하는 사람들이여!
말을 나쁘지 않도록 좋이 꾸밈은
닳아진 이 세상의 버릇이라고, 오오 그대들!
맘에 있는 말이라고 다할까 보냐.
두세番 생각하라, 爲先 그것이
저부터 밑지고 들어가는 장사일진댄.
사는 法이 근심은 못 가른다고,
남의 설움을 남은 몰라라.
말 마라, 세상, 세상 사람은
세상의 좋은 이름 좋은 말로써
한 사람을 속옷마저 벗긴 뒤에는
그를 네길거리에 세워 놓아라, 장승도 마치 한가지.
이 무슨 일이냐, 그날로부터,
세상 사람들은 제가끔 제 脾胃의 헐한 값으로
그의 몸값을 매기자고 덤벼들어라.
오오 그러면, 그대들은 이후에라도
하늘을 우러르라, 그저 혼자, 섧거나 괴롭거나.

말을 좋게 꾸민다는 것, 교언영색(巧言令色)은 소인배의 것이자,

닳아빠진 이 세상의 고약한 버릇이다. 교언영색에 시달렸던 한 사람이 속옷마저 벗긴 뒤에 거리에 던져져 있다.

인생은 '언어'의 바깥에 있는 것. 시적 주체는 그 불쌍한 사람에게 "그저 혼자" 하늘을 우러르라 충고한다. 인생은 모두 그렇다는 것. 살아 있지만 길가에 세워진 '장승'과 다를 바 없다는 것.

73_ 훗길

어버이님네들이 외우는 말이
“딸과 아들을 기르기는
훗길을 보자는 心誠이로라.”
그러하다, 分明히 그네들도
두 어버이 틈에서 생겼어라.
그러나 그 무엇이냐, 우리 사람!
손 들어 가르치던 먼 훗날에
그네들이 또다시 자라 커서
한길같이 외우는 말이
“훗길을 두고 가자는 心誠으로
아들딸을 늙도록 기르노라.”

자식을 부양하는 것은 “훗길을 보자”는 것, 즉 대를 잇는 후사(後嗣)를 얻기 위해서이기도 하지만, “훗길을 두고 가자”는 심성도 있다는 것이다. 후자에 언급된 ‘훗길’의 의미는 전자와는 조금 다르다. 유한한 존재인 인간은 죽는다. 그러나 후손의 몸과 마음을 통해 한 인간의 ‘훗길’은 이어진다.

죽음의 공포와 허망함을 고찰하는 것이야말로 동서고금의 철학, 종교적 주제이다. 동양적인 세계관 속에서, 한 개인의 죽음은 자식들의 번성을 통해 이승과 저승의 경계를 넘어선다. 나는 죽지만 후손이 있기에 여한(餘恨)이 없다는 것. 시적 주체는 후손을 두고 가는 일의 중요함에 대해 담담하게 말하고 있는데, 그 담담함의 이면에는 늙어가는 일과 죽어가는 일에 대한 쓸쓸한 감정이 깔려 있다.

74_ 夫婦

오오 아내여, 나의 사랑!

하늘이 무어*준 짝이라고

믿고 살음이 마땅치 아니한가.

아직 다시 그러랴, 안 그러랴?

이상하고 별라운 사람의 맘,

저 몰라라, 참인지, 거짓인지?

情分으로 얽은 딴 두 몸이라면.

서로 어그점인들 또 있으랴.

限平生이라도 半百年

못 사는 이 人生에!

緣分의 긴 실이 그 무엇이랴?

나는 말하려노라, 아무려나,

죽어서도 한곳에 묻히더라.

부부의 인연은 긴 실에 비유되지만, 그 시간적 길이는 불과 반백년이다. 짧다면 짧은 반백년의 인연을 연장하는 방법은 죽어서 한곳에 묻히는 일. 시적 주체는 이승에서의 짧은 인연을 죽음을 통해 연장하고자 한다.

---

* '뭇다'의 활용형. 두 사람의 인연을 맺어주다.

부부 사이의 신뢰와 정분 못지않게 중요한 것은 이승의 경계를 넘어선 지점에 있는 것. 시적 주체는 부부의 관계에서도 삶과 죽음의 경계를 바라보고 있다.

75_ 나의 집

들가에 떨어져 나가 앉은 멧기슭의
넓은 바다의 물가 뒤에,
나는 지으리, 나의 집을,
다시금 큰길을 앞에다 두고.
길로 지나가는 그 사람들은
제각기 떨어져서 혼자 가는 길.
하이얀 여울턱에 날은 저물 때.
나는 門간에 서서 기다리리
새벽 새가 울며 지새는 그늘로
세상은 희게, 또는 고요하게,
번쩍이며 오늘 아침부터,
지나가는 길손을 눈여겨보며,
그대인가고, 그대인가고.

'지나가는 길손' 중에서 그대를 찾기 위해서 집을 짓는다는 상황은 이해하기 어렵다. 아마도 '그대'는 쉽게 찾을 대상은 아닌 듯하다. 시적 주체는 결코 올 리 없는 '그대'를 기다리기 위해 현실에 있을 수 없는 집을 짓는데, 그 모습이 마치 망부석(望夫石)에 가깝다. 망부석이 되어 오지 않는 그대를 기다리는 시적 주체는 이미 '그대'가 '나의 집'으로 돌아올 가능성이 전혀 없다는 것을 아는 눈치다. '그대'는 이미 죽은 자이지 않을까.

76_ 새벽

落葉이 발이 숨는 못물가에
우뚝우뚝한 나무 그림자
물빛조차 어슴프러이 떠오르는데,
나 혼자 섰노라, 아직도 아직도,
東녘 하늘은 어두운가.
天人에도 사랑 눈물, 구름 되어,
외로운 꿈의 베개 흐렸는가
나의 님이여, 그러나 그러나
고이도 불그스레 물 질러 와라
하늘 밝고 저녁에 섰는 구름.
半달은 中天에 지새일 때.

동쪽 하늘에 아직 새벽이 오지 않았지만, '나'는 밤새 '님'을 기다리며 서 있다. 그런데 '님'의 모습이 그리 현실적이지 않다. 이 시에서 천인(天人)을 천사로 해석한 시각도 있지만, 천사보다는 귀신의 형상으로 보는 편이 타당할 듯하다. 귀신은 사랑의 눈물을 흘리는데, 그 눈물은 마침내 구름이 된다.

'나'는 밤새 '님'을 만나지 못했다. 그러니 이제 제발 '님'이 새벽녘의 발그스름한 구름으로라도 오길 바랄 수밖에 없다.

77_ 구름

저기 저 구름을 잡아타면
붉게도 피로 물든 저 구름을,
밤이면 새까만 저 구름을.
잡아타고 내 몸은 저 멀리로
九萬里 긴 하늘을 날아 건너
그대 잠든 품속에 안기렸더니,
애스러라, 그리는 못 한대서,
그대여, 들으라 비가 되어
저 구름이 그대한테로 나리거든,
생각하라, 밤저녁, 내 눈물을.

이승에 머물러 있는 시적 주체는 구름을 잡아타고 구만리 긴 하늘을 건너 저승에 있는 '그대'에게 가려 한다. 그러나 이승과 저승의 경계가 그리 만만하지 않다.

이 경계를 뛰어넘을 수 있는 방법은 이승의 내가 그대를 생각하며 흘린 '눈물'이 '구름'이 되고 마침내 '비'가 되어, 그 비가 그대의 저승에 내리는 것뿐이다.

내가 구름이 될 수 있는 방법이 있을까. 내 몸이 육신의 무거움을 벗어던지고 중력에 역행하여 하늘로 오를 수 있는 방법이 있을까. 그 방법을 알고 있는 자는 무당이 유일하다. 무당만이 시공간을 초월한 '영원한 여행자'가 될 수 있기 때문이다.

죽은 자와의 긴 여름밤

여기에는 죽은 자를 추모하는 조시(弔詩)가 포함되어 있다. 남이 장군의 호연지기를 기리는 시로부터 가족의 죽음에 대한 추모에 이르기까지 그 층위는 다양하지만, 죽은 자를 기리기 위해서는 긴 여름밤이 적절한 듯하다.

시적 화자는 여름의 왕성한 생명력 속에서 스러져 사라진 어떤 것을 역으로 추억해내고 있다.

78_ 여름의 달밤

서늘하고 달 밝은 여름밤이여
구름조차 희미한 여름밤이여
그지없이 거룩한 하늘로서는
젊음의 붉은 이슬 젖어나려라.

幸福의 맘이 도는 높은 가지의
아슬아슬 그늘 잎새를
배불러 기어도는 어린 벌레도
아아 모든 물결은 福받았어라.

번어 번어 오르는 가시덩굴도
稀微하게 흐르는 푸른 달빛이
기름 같은 煙氣에 멱감을러라.
아아 너무 좋아서 잠 못 들어라.

우긋한 풀대들은 춤을 추면서
갈잎들은 그윽한 노래 부를 때.
오오 내려 흔드는 달빛 가운데
나타나는 永遠을 말로 새겨라.

자라는 물벼 이삭 벌에서 불고
마을로 銀 스치듯이 오는 바람은

녹잣추는* 香氣를 두고 가는데
人家들은 잠들어 고요하여라.

하루 終日 일하신 아기 아버지
農夫들도 便安히 잠들었어라.
녕기슭의 어둑한 그늘 속에선
쇠스랑과 호미뿐 빛이 피어라.

이윽고 식새리**의 우는 소래는
밤이 들어가면서 더욱 잦을 때
나락밭 가운데의 우물가에는
農女의 그림자가 아직 있어라.

달빛은 그무리며 넓은 宇宙에
잃어졌다 나오는 푸른 별이요.
식새리의 울음의 넘은 曲調요.
아아 기쁨 가득한 여름밤이여.

삼간집에 불붙는 젊은 목숨의
情熱에 목맺히는 우리 靑春은
서느러운 여름밤 잎새 아래의
희미한 달빛 속에 나부끼어라.

---

* 눅자치다. 위로하다. 도로 누그러지게 하다.

** 쓰르라미

한때의 자랑 많은 우리들이여
農村에서 지내는 여름보다도
여름의 달밤보다 더 좋은 것이
人間에 이 세상에 다시 있으랴.

조고만 괴로움도 내어바리고
고요한 가운데서 귀 기울이며
흰 달의 금물결에 櫓를 저어라
푸른 밤의 하늘로 목을 놓아라.

아아 讚揚하여라 좋은 한때를
흘러가는 목숨을 많은 幸福을.
여름의 어스러한 달밤 속에서
꿈같은 즐거움의 눈물 흘러라.

서늘한 여름밤의 정취를 마음껏 노래한 것으로 보이는 이 시는 분명 이승의 짧은 삶에 대한 찬가이다. 마치 가벼운 세레나데(serenade)처럼 들리는 이 시에서는 뻗어 오르는 가시덩굴, 잎을 많이 먹어 배가 부른 벌레조차도 행복에 넘친다. 여름보다도, 여름의 달밤보다도 더 좋은 것은 세상에 없다는 말이야말로 여름밤에 대한 최고의 찬양이다.

그러나 "흰 달의 금물결에 노를 저어라/푸른 밤의 하늘로 목을 놓아라"고 절규하는 이유는 어디에 있을까. 여름밤 하늘을 관류하는 은하수의 물결을 염두에 둔 표현이리라. 은하수의 물결을 헤치며 노를 저어 나아가는 이유는 어디에 있을까. 우리가 예찬하고자 하는 여름밤의 정취조차 "한때의 자랑"일 뿐이며, "흘러가는 목숨"이기 때문에 즐거움인 동시에 눈물인 것이다. 그는 여전히 은하수를 건너 누군가를 만나러 가야 하는 존재이다.

79_ 오는 봄

봄날이 오리라고 생각하면서
쓸쓸한 긴 겨울을 지나보내라.
오늘 보니 白楊의 벋은 가지에
前에 없이 흰 새가 앉아 울어라.

그러나 눈이 깔린 두던 밑에는
그늘이냐 안개냐 아지랑이냐.
마을들은 곳곳이 움직임없이
저便 하늘 아래서 平和롭건만.

새들게* 지껄이는 까치의 무리.
바다를 바라보며 우는 가마귀.
어디로서 오는지 종경 소래는
젊은 아기 나가는 吊曲일러라.

보라 때에 길손도 머뭇거리며
지향없이 갈 발이 곳을 몰라라.
사무치는 눈물은 끝이 없어도
하늘을 쳐다보는 살음의 기쁨.

---

* 남이 알아들을 수 없게 저 혼자만 지껄이다.

저마다 외로움의 깊은 근심이
오도가도 못하는 망상거림에
오늘은 사람마다 님을 여의고
곳을 잡지 못하는 설움일러라.

오기를 기다리는 봄의 소래는
때로는 여윈 손끝을 울릴지라도
수풀 밑에 서리운 머리칼들은
걸음걸음 괴로이 발에 감겨라.

봄은 조용히 걸어오고 있는 듯하다. 봄이 오는 소리는 많은 사람들의 여윈 가슴에 위안을 주기도 하지만, 봄이 걸어오는 길이 순탄한 것 같지는 않다. 수풀 밑에 머리칼들이 놓여 있어, 걸어오는 봄의 발에 칭칭 감기고 있기 때문이다.

춘래불사춘(春來不似春). 봄이 왔건만 봄이 아니다! 젊은 아기의 주검이 실려 나가고, 사람마다 님을 여의었으니 봄의 정취가 마냥 즐거울 리 없지 않은가. 살아 있다는 것, 봄이 온다는 것은 분명 기쁜 일이다. 그러나 시적 주체는 봄의 시작 지점에서도 죽음과 이별의 설움에서 비껴나지 못하고 있다.

80_ 물마름

주으린 새무리는 마른나무의
해 지는 가지에서 재갈이던 때.
온종일 흐르던 물 그도 困하여
놀 지는 골짜기에 목이 메던 때.

그 누가 알았으랴 한쪽 구름도
걸려서 흐득이는 외로운 嶺을
숨차게 올라서는 여윈 길손이
달고 쓴 맛이라면 다 겪은 줄을.

그곳이 어디더냐 南怡 將軍이
말 먹여 물 끼얹던 푸른 江물이
지금에 다시 흘러 둑을 넘치는
千百里 豆滿江이 예서 百十里.

茂山의 큰 고개가 예가 아니냐
누구나 예로부터 義를 위하여
싸우다 못 이기면 몸을 숨겨서
한때의 못난이가 되는 법이라.

그 누가 생각하랴 三百 年來에
차마 받지 다 못할 恨과 侮辱을

못 이겨 칼을 잡고 일어섰다가
人力의 다함에서 스러진 줄을.

부러진 대쪽으로 활을 메우고
녹슬은 호미쇠로 칼을 별러서
茶毒된 三千里에 북을 울리며
正義의 旗를 들던 그 사람이여.

그 누가 記憶하랴 茶北洞에서
피 물든 옷을 입고 외치던 일을
定州城 하룻밤의 지는 달빛에
애끊긴 그 가슴이 숫기된 줄을.

물 위에 뜬 마름에 아침 이슬을
불붙는 山마루에 피었던 꽃을
지금에 우러르며 나는 우노라
이루며 못 이룸에 簿한* 이름을.

이 시는 남이 장군의 일생을 노래하고 있다. 남이 장군은 세조 대에 중용되어 북의 이민족 침략을 막아낸 인물로 27세에 이미 병조판서에 올랐으나 유지광의 모략으로 반역의 누명을 쓰고 처참

---

* 장부에 적히다.

한 처형을 당한 비극적 인물이다. 그가 남긴 「북정가(北征歌)」는 장군으로서의 기개를 펼친 시지만, 야심가로 오해 살 만한 내용이 담겨 반역의 증거물로 간주되기도 했다고 한다.

백두산의 돌은 칼을 갈아 닳게 하고,
두만강의 물은 말을 먹여 없애도다.
사나이 스무 살에 나라를 평정치 못하면
후세에 그 누가 대장부라 일컫겠는가.
白頭山石磨刀盡
頭滿江水飮馬無
男兒二十未平國
後世誰稱大丈夫

이 작품의 배경으로 임경업 장군 이야기를 거론한 경우도 있다. 소월이 곽산의 삼각산 '항우고개'에 얽힌 임경업 장군의 이야기를 숙모 계희영으로부터 듣고 이 시를 썼다는 것이다.* 흥미로운 점은 남이 장군이나 임경업 장군의 형상이 외적을 정벌한 공로로 기억되기보다 억울한 누명을 쓰고 횡사한 불운의 인물로 기억된다는 점이다. 남이 장군이나 임경업 장군이 사당굿의 신주로 자주 받들어지는 이유도 여기에 있을 것이다.

「물마름」은 남이 장군의 기개를 노래한 시가 아니다. 그의 운명이 한낱 연못 위에 핀 마름에 불과했음을, 인생의 허망함과 원통함을 노래한 시이다. 이 시의 제목에 물에서 자라는 한해살이풀인

* 계희영, 위의 책, 117~119쪽.

'마름'을 사용한 이유도 여기에 있을 것이다. 소월의 시에는 이처럼 늘 허망한 죽음이 개입된다.

이승에 버려진 몸

김소월의 시 중에서 이승의 세계를 사실적으로 그린 리얼리즘의 시들은 없을까. 여기 제10부에 실린 시들은 이승에 버려진 시적 화자의 고달픈 처지를 적나라하게 드러낸다.

저승에 머물고 있는 당신네들도 힘들겠지만, 이승이라고 나을 게 있겠느냐는 푸념의 감정이 두드러진다. 「바라건대는 우리에게 우리의 보섭 대일 땅이 있었더면」은 이러한 푸념의 단계에서 한 걸음 더 나아가 1920년대 한국의 현실을 가장 비극적으로 압축한 작품으로 평가된다.

81_ 우리집

이 바로
외따로 와 지나는 사람 없으니
"밤 자고 가자" 하며 나는 앉아라.

저 멀리, 하느便에
배는 떠나 나가는
노래 들리며

눈물은
흘러나려라
스스르 나려감는 눈에.

꿈에도 생시에도 눈에 선한 우리집
또 저 山 넘어 넘어
구름은 가라.

집이 있는 한, 나그네라 할지라도 언제든 그곳으로 돌아갈 수는 있을 것이다. 그런데 시적 주체는 우리 집을 생각할 때마다 눈물이 흐른다. 그 집은 너무도 멀리 있는 듯하다. 산을 넘어서도 갈 수 없는 그곳은 구름만이 갈 수 있는 곳. '우리집'이 이승의 집이 아닌 것처럼 느껴지는 것도 이 때문이다.

82_ 들도리

들꽃은

피어

흩어졌어라.

들풀은

들로 한벌 가득히 자라 높았는데,

뱀의 헐벗은 묵은 옷은

길분전의 바람에 날아 돌아라.

저 보아, 곳곳이 모든 것은

번쩍이며 살아 있어라.

두 나래 펼쳐 떨며

소리개도 높이 떴어라.

때에 이내 몸

가다가 또다시 쉬기도 하며,

숨에 찬 내 가슴은

기쁨으로 채워져 사뭇 넘쳐라.

걸음은 다시금 또 더 앞으로……

제목 '들도리'는 들을 거니는 일, 산보로 해석된다. 산책에서 느끼는 가벼운 피로감, 걸음을 재촉하면서 새삼 느끼는 삶의 활력을 그리고 있어 소월의 다른 시와는 다르게 매우 활력이 넘친다.

그런데 여기에서도 뱀이 껍질을 벗는다는 부분이 조금 이상하다. 뱀은 몸이 자라면 껍질을 벗는다. 한번 죽고 다른 존재로 태어나는 셈이다. 우리는 여기에서 프쉬케(psyche)의 원초적 형상과 마주친다.

'프쉬케와 큐피드' 이야기에 등장하는 여성 프쉬케(psyche)는 남편 큐피드의 지극한 사랑을 받는 아름다운 여인이지만, 호기심과 변덕으로 인해 남편에게 버림받고 우여곡절의 삶을 살아가야 했던 여성이다. 이런 의미에서 아름다운 존재로서의 프쉬케는 화려한 무늬를 가진 '나방(나비)'을 의미하기도 하지만, 때로는 인간의 변덕스러운 측면, 즉 '영혼'의 의미로 확대되어 사용되기도 한다. 프로이트의 관찰대로, 인간은 얼마나 변덕스러운 존재인가.

징그러운 벌레는 껍질을 벗으면서 아름다운 나비로 재탄생한다. 추악하고 변덕스러운 인간의 육체는 죽음이라는 단계를 거치면서 아름다운 영혼으로 탄생할지 모른다. 그런 의미에서 뱀의 탈피(脫皮)는 징그러운 육체와 함께하는 이승의 세계에서 벗어나 저승에서나마 고귀한 영혼의 단계로 재탄생하고자 하는 인간의 소망을 담고 있다.

들꽃은 피었다가 마침내 허공으로 흩어지고, 뱀은 껍질을 집어던지고 다른 곳으로 떠났다. 그렇다면 '나'는 어디로 떠나야 하는 것일까. 시적 주체는 뱀이 징그러운 육체를 벗어던지듯, 이승의 세계를 초월하고자 하는 상상의 소망을 산책 속에서 골똘하게 펼치고 있는 듯하다.

이 시의 '길분전'에 대해서는 종이돈을 태우는 분전(焚錢), 노두의 소지(燒紙)와 같은 제례 의식 가운데 하나일 가능성이 높다는 해석이 가해진 바 있다.* 뱀이 허물을 벗어던지는 행위를 세속을 정화하기 위해 돈이나 종이를 태우는 행위와 병치시키고 있다면, 이것이야말로 재탄생을 염원하는 거대한 제례 의식일 것이다.

* 김용직, 위의 책, 129쪽.

83_ 바리운 몸

꿈에 울고 일어나
들에
나와라.

들에는 소슬비
머구리는 울어라.
풀 그늘 어두운데

뒷짐지고 땅 보며 머뭇거릴 때.

누가 반딧불 꾀어드는 수풀 속에서
"간다 잘 살아라" 하며, 노래 불러라.

4연에 주목해보자. 누가 수풀 속에서 "나는 떠나니 남은 당신은 잘 살다 오시오"라고 말한다면 어찌할까. 그런 말을 남기고 떠난 자는 분명 죽은 자가 아닐까.

'나'는 죽은 자로부터 버림받은 '바리운 몸'일 따름인 것.

84_ 엄숙

나는 혼자 뫼 위에 올랐어라.
솟아 퍼지는 아침 햇볕에
풀잎도 번쩍이며
바람은 소삭여라.
그러나
아아 내 몸의 傷處받은 맘이여
맘은 오히려 저프고 아픔에 고요히 떨려라
또 다시금 나는 이 한때에
사람에게 있는 엄숙을 모다 느끼면서.

'뫼'는 사람의 무덤이지만, 산(山)을 '메'라 하고 예스러운 표현으로는 '메' 대신 '뫼'를 사용하기도 한다. 위의 시에서 시적 주체가 오른 곳은 무덤이라기보다는 산으로 보는 게 덜 괴기스럽고 자연스럽다.

그러나 무덤이든 산이든, 높은 곳에 올라가 느끼는 '엄숙'의 감정은 어디에 가까울까. 내 몸 안에 '상처받은 마음'이 있다는 것에서 그 엄숙의 감정은 더욱 배가된다.

85_ 바라건대는 우리에게 우리의 보섭 대일 땅이 있었더면

나는 꿈꾸었노라, 동무들과 내가 가지런히
벌가의 하루 일을 다 마치고
夕陽에 마을로 돌아오는 꿈을,
즐거이, 꿈 가운데.

그러나 집 잃은 내 몸이여,
바라건대는 우리에게 우리의 보섭 대일 땅이 있었더면!
이처럼 떠돌으랴, 아침에 저물손에
새라 새로운 歎息을 얻으면서.

東이랴, 南北이랴,
내 몸은 떠가나니, 볼지어다,
希望의 반짝임은, 별빛이 아득함은.
물결뿐 떠올라라, 가슴에 팔다리에.

그러나 어쩌면 황송한 이 心情을! 날로 나날이 내 앞에는
자칫 가늘은 길이 이어가라. 나는 나아가리라
한 걸음, 또 한 걸음. 보이는 山비탈엔
온 새벽 동무들 저저 혼자…… 山耕을 김매이는.

'보습'은 쟁기나 가래 따위 농기구의 술바닥에 끼우는, 넓적한 삽 모양의 쇳조각을 말한다. 밭갈이를 하기 위한 농기구인데, 우리는 이미 나라를 빼앗겨 보습을 댈 만한 땅조차 잃어버렸다. '나'만 그런 게 아니라 '우리' 모두 집과 땅을 잃은 것이다.

김소월의 시에서 '우리'를 찾아보기는 매우 힘들다. 그는 대부분 '나'에 대해 말한다. 어떻든, 이 시는 보기 드물게 역사와 사회에 대한 시각을 담고 있다. 혹자는 이 시를 김소월의 시 전체에서 가장 높은 리얼리즘의 단계에 오른 시라고 평가하기도 한다. 어쩌면 1926년 발표된 이상화 시인의 절창 「빼앗긴 들에도 봄은 오는가」의 전조에 해당한다고 볼 수도 있다.

이 시는 삶의 터전을 빼앗긴 당대 민중의 설움과 분노를 담고 있으며, 그럼에도 불구하고 건강한 삶의 현장을 회복하기 위해 한 걸음씩 전진하겠다는 의연한 의지를 보여준다.

"나는 꿈꾸었노라"로 시작되는 이 시의 전체적인 흐름은 매우 강렬하고 비장하지만, 이 시의 절창은 역시 4연에 있다. 특히 필자는 "온 새벽 동무들 저저 혼자…… 山耕을 김매이는"에서 '저저'에 주목하고자 한다. 손에 잡힐 듯이 선연한, 그러나 결코 잡히지 않는, 드러나지 않는 '새벽 동무'들의 모습을 표현하기에 '저저'는 가장 적절하다.

비극적인 것은 내가 가고자 하는 '자칫 가늘은 길'이 현실에는 결코 존재할 수 없는, 그저 환각 속에서만 드러나는 길처럼 보이기 때문이다. 저 앞에 보이는 듯, 보이지 않는 동무들에게 그저 '저저'라고 외치는 길밖에는 도리가 없는 것이다.

86_ 밭고랑 위에서

우리 두 사람은
키 높이 가득 자란 보리밭, 밭고랑 위에 앉았어라.
일을 畢하고 쉬이는 동안의 기쁨이여.
지금 두 사람의 이야기에는 꽃이 필 때.

오오 빛나는 太陽은 내려쪼이며
새무리들도 즐거운 노래, 노래 불러라.
오오 恩惠여, 살아 있는 몸에는 넘치는 恩惠여,
모든 은근스러움이 우리의 맘속을 차지하여라.

世界의 끝은 어디? 慈愛의 하늘은 넓게도 덮였는데,
우리 두 사람은 일하며, 살아 있었어,
하늘과 太陽을 바라보아라, 날마다 날마다도,
새라 새로운 歡喜를 지어내며, 늘 같은 땅 위에서.

다시 한番 활기 있게 웃고 나서, 우리 두 사람은
바람에 일리우는 보리밭 속으로
호미 들고 들어갔어라, 가지런히 가지런히,
걸어 나아가는 기쁨이여, 오오 生命의 向上이여.

김소월의 시를 읽을 때에는 시제(tense)의 차이를 면밀히 받아들여야 한다. 위의 시는 부부로 보이는 '우리 두 사람'이 열심히 땀 흘려 일하고 이야기꽃을 피우는 행복한 시절을 다루고 있는 듯하다.

그런데 이 시는 고된 노동의 끝에 찾아드는 행복을 예찬하는, 노동 예찬의 시로 해석되어서는 안 된다. 노동과 삶의 즐거움을 만끽하던 시절도 있었지만, 그때는 "우리 두 사람은 일하며, 살아 있었어"에 해당하는 시절이다. 그때는 모든 것이 희망차고 즐거웠지만, 그래서 이 시의 마지막 구절도 "걸어 나아가는 기쁨이여, 오오 生命의 向上이여"로 되어 있지만, 그것은 까마득한 과거의 일인 것이다. "앉았어라", "살아 있었어", "들어갔어라" 등의 과거로 표현된 우리 두 사람의 행복한 노동은 현재에는 없는 듯하다.

'나'와 함께 일하던 과거의 그 사람은 지금 어디에 있을까. "세계의 끝은 어디?"라고 중얼거리는 이유를 여기에서 찾아야 할 것 같다.

87_ 저녁때

마소의 무리와 사람들은 돌아들고, 寂寂히 빈 들에,
엉머구리 소래 우거져라.
푸른 하늘은 더욱 낮추, 먼 山비탈길 어둔데
우뚝우뚝한 드높은 나무, 잘새도 깃들여라.

볼수록 넓은 벌의
물빛을 물끄러미 들여다보며
고개 수그리고 박은 듯이 홀로 서서
긴 한숨을 짓느냐. 왜 이다지!

온 것을 아주 잊었어라, 깊은 밤 예서 함께
몸이 생각에 가비엽고, 맘이 더 높이 떠오를 때.
문득, 멀지 않은 갈숲 새로
별빛이 솟구어라.

종교학자 엘리아데는 그의 저서 『샤머니즘』에서 석가모니가 일곱 걸음을 걷고 나서 '천상천하유아독존'을 외치는 대목을 석가모니가 일곱 단계의 우주를 상승한 후에 큰 깨달음을 얻은 과정으로 해석하고 있다. 좀 지나친 해석처럼 보이지만, 깨달음은 늘 높은 곳에서 주어진다.

이 시에서 하늘은 더욱 낮고, 나무는 드높다. 나무와 하늘의 이상한 역전(逆轉)은 나무 위에 깃든 '잘새'와 시적 화자를 동일한 위치에 놓는다. 비현실적인 것으로 느껴질 정도로 높은 나무 위에서 화자는 마소의 무리와 사람들이 돌아가는 모습을 지켜보고, 급기야는 "온 것을 아주 잊었어라"라는 인식에 도달한다. 모든 것을 초월한 시간이야말로 "몸이 생각에 가비엽고, 맘이 더 높이 떠오를 때"이지 않은가.

그가 '아주 잊은 것'은 무엇일까. 죽은 자에 대한 기억일 것이다. 그러기에 늘 홀로 한숨을 쉴 수밖에.

88_ 合掌

들이라. 단 두 몸이라. 밤빛은 배어 와라.
아, 이거 봐, 우거진 나무 아래로 달 들어라.
우리는 말하며 걸었어라, 바람은 부는 대로.

燈불빛에 거리는 헤적여라, 稀微한 하느便에
고이 밝은 그림자 아득이고
퍽도 가까힌, 풀밭에서 이슬이 번쩍여라.

밤은 막 깊어, 四方은 고요한데,
이마즉, 말도 안 하고, 더 안 가고,
길가에 우두커니. 눈 감고 마주서서.

먼먼 山, 山절의 절 鐘소래. 달빛은 지새여라.

나들이에 나선 두 사람은 명랑하게 대화도 나누며 등불이 비치는 거리를 지난 듯하다. 그러나 밤이 깊어지고 사방이 고요해지자 두 사람은 점차 말을 잊고 동작조차 멈춘다. 동적인 상태에서 정적인 상태로 옮겨갔을 때 남는 것은 산사의 종소리밖에 없다.

달빛에 선 두 사람이 합장을 한 채, 산사에서 들려오는 종소리를 듣는 장면이 잘 포착되어 있다. 눈을 감은 두 사람이 침잠하는 세상은 어디일까, 자연스럽게 묻게 된다.

89_ 默念

으슥한 밤, 밤기운 서늘할 제
홀로 窓턱에 걸어앉아, 두 다리 느리우고,
첫 머구리 소래를 들어라.
애처롭게도, 그대는 먼첨 혼자서 잠드누나.

내 몸은 생각에 잠잠할 때. 희미한 수풀로서
村家의 厄맥이祭 지내는 불빛은 새어오며,
이윽고, 비난수도 머구리 소리와 함께 잦아져라.
가득히 차오는 내 心靈은……하늘과 땅 사이에.

나는 무심히 니러거러 그대의 잠든 몸 위에 기대어라
움직임 다시 없이, 萬籟는 俱寂한데,
熙耀히 내려비추는 별빛들이
내 몸을 이끌어라, 無限히 더 가깝게.

'厄맥이祭'는 앞으로 닥칠 재앙을 미리 막기 위해 지내는 굿이며, '비난수'는 무당이 귀신에게 비는 일이다. 시적 주체는 이웃집에서 액막이제를 지내는 소리를 들으면서, 먼저 잠든 '그대'를 내려다보고 있다.

3연에서 별빛들은 '내 몸'을 하늘로 이끌고 있다. '내 몸'은 마치 비천상(飛天像)이 그러하듯, 하늘로 빨려 올라간다. 그렇다면 잠든 '그대'와 '나' 사이의 거리는 점점 더 멀어져갈 것이다. 이승의 그대를 멀리하며 떠나는 '나'의 행위는 스스로 무당이 되어 그대의 재앙을 막기 위해 비난수를 올리는 것에 방불하다. '그대'를 살리기 위해서라면 '내 몸'은 죽어도 좋은 것이다.

죽은 자와 만나는 일의 무서움과 고독

90_ 悅樂
91_ 무덤
92_ 비난수하는 맘
93_ 찬 저녁
94_ 招魂

김소월 시집 『진달래꽃』을 소제목의 범주에 따라 읽은 최초의 독법은 김윤식의 연구에서 찾아볼 수 있다. 그는 특히 11부의 시 배열에 주목한다.

> 127편이 수록된 소월 시집 『진달래꽃』(1925)은 여러 항목의 소제목으로 묶여 있다. 보통 소월 시의 절창이라고 말해지는 「초혼」은 「고독」이라는 소제목에 묶인 5편 중 맨 끝에 해당된다. 「고독」의 첫 번째 작품은 「悅樂」인데, 그것은 "어둡게 깊게 목메인 하늘"에 "시꺼먼 머리채 풀어 헤치고 아우성하면서 가는 따님"을 노래한 것이다. 두번째 작품은 「무덤」이다. 그다음에 이어 「비난수하는 맘」이 오고, 서낭당에 걸린 푸르스름한 달을 보는 「찬 저녁」을 거쳐 드디어 「초혼」에 이르게 된다.*

* 김윤식, 「근대시사 방법론 비판」, 『김윤식 선집5』, 솔, 1996, 17~18쪽.

김윤식이 간파한 것처럼, 11부의 시들은 접신의 최고 절정, 즉 삶과 죽음의 경계를 넘어선 무당의 망아지경에 가장 가깝다. 모든 시가 한판의 굿인 것이다.

90_ 悅樂

어둡게 깊게 목메인 하늘.
꿈의 품속으로서 굴러 나오는
애달피 잠 안 오는 幽靈의 눈결.
그림자 검은 개버드나무에
쏟아져 내리는 비의 줄기는
흐느껴 비끼는 呪文의 소리.

시커먼 머리채 풀어 헤치고
아우성하면서 가시는 따님.
헐벗은 벌레들은 꿈트릴 때,
黑血의 바다. 枯木洞屈.
啄木鳥의
쪼아리는 소리, 쪼아리는 소리.

이 시는 어둡고 깊다. 비가 내리고, 저주와 같은 주문이 들리고, 딱따구리가 나무를 쪼아대는 소리가 마치 육신을 쪼는 것처럼 섬뜩하다. 그렇다면 왜 시의 제목이 '열락'일까. 열락이야말로 더없는 기쁨이지 않은가.

아무리 봐도, 열락의 주체는 "시커먼 머리채 풀어 헤치고 아우성하면서 가시는 따님"이다. 그런데 이 대목에서의 '따님'은 '신

딸'로 읽을 수 있을 듯하다. 머리를 풀어 헤치고 겅중겅중 뛰는 신딸의 모습에서 우리는 귀신에 들린 무당의 고통, 열락, 망아경(忘我境)을 느낀다.

말라비틀어진 나무가 있는 어둡고 깊은 동굴, 그 검은 피의 세계에서 무당은 자신의 몸이 마치 딱따구리〔啄木鳥〕에게 쪼이는 듯한 아픔을 겪으면서도 더없는 기쁨, 열락을 경험한다. 망자(亡子)와 만났기 때문일 것이다.

91_ 무덤

그 누가 나를 헤내는 부르는 소리
불그스름한 언덕, 여기저기
돌무더기도 움직이며, 달빛에,
소리만 남은 노래 서러워 엉겨라,
옛 祖上들의 記錄을 묻어둔 그곳!
나는 두루 찾노라, 그곳에서,
형적없는 노래 흘러퍼져,
그림자 가득한 언덕으로 여기저기,
그 누가 나를 헤내는 부르는 소리
부르는 소리, 부르는 소리,
내 넋을 잡아끌어 헤내는 부르는 소리.

시집 『진달래꽃』을 '떠도는 존재의 우울과 영원한 상사곡'이라는 개념으로 정리한 한 논자는 이 시를 「초혼」과 대비시키면서 그 죽음의 의미를 다룬 바 있다.

> 「무덤」이 자신의 넋을 잡아끌어 인도하는 노래와 그 노래로 둘러싸인 무덤을 취급하고 있는 반면에 「초혼」은 산에 올라가서 죽은 애인의 이름을 불러 그 혼을 자신에게로 끌어오고자 한다. 이들 모두 죽음의 문턱에 위험스럽게 걸쳐 있다. 「무덤」에서는 지하의 저승세계

로 조상을 만나러 내려간다는 전통적인 무속행위가 암시되어 있다.*

그의 지적대로, 이 시에서 "옛 조상들의 기록을 묻어둔 그곳!"은 무덤을 뜻하는데, 화자는 그곳에서 무엇인가 찾고 있다. "돌무더기도 움직이"는 까닭은 유령이 살아 움직이기 때문일 것이다. 그곳은 "그림자 가득한 언덕"이며, 거기에서 "그 누가 나를 헤내는 부르는 소리"가 들리고, 시적 주체는 "소리만 남은 노래"를 찾아 헤맨다. 형체 없는 망자의 "형적 없는 노래"에 휩싸여 방황하는 화자야말로 과거의 넋에 들린 무당이지 않은가. 망자의 소리는 "내 넋을 잡아끌어 헤내는 부르는 소리"이다.

* 한계전 외, 위의 책, 31쪽.

92_ 비난수하는 맘

함께하려노라, 비난수하는 나의 맘,
모든 것을 한 짐에 묶어 가지고 가기까지,
아침이면 이슬 맞은 바위의 붉은 줄로,
기어오르는 해를 바라다보며, 입을 벌리고.

떠돌아라, 비난수하는 맘이여, 갈매기같이,
다만 무덤뿐이 그늘을 얼른이는 하늘 위를,
바닷가의. 잃어버린 세상의 있다던 모든 것들은
차라리 내 몸이 죽어가서 없어진 것만도 못하건만.

또는 비난수하는 나의 맘, 헐벗은 山 위에서,
떨어진 잎 타서 오르는, 냇내의 한 줄기로,
바람에 나부껴라 저녁은, 흩어진 거미줄의
밤에 맺은 이슬은 곧 다시 떨어진다 할지라도.

함께하려 하노라, 오오 비난수하는 나의 맘이여,
있다가 없어지는 세상에는
오직 날과 날이 닭소래와 함께 달아나바리며,
가까웁는, 오오 가까웁는 그대뿐이 내게 있거라!

'비난수'는 무당이나 소경이 귀신에게 비는 말이다. '나'는 '그대'를 위해 비난수를 하고 있는데, 사실 시적 주체의 마음은 "차라리 내 몸이 죽어가서 없어"지길 바라고 있다. 죽어야만 '그대'의 곁으로 갈 수 있기 때문.

우리가 살고 있는 이승의 세계는 "있다가 없어지는 세상"이며, 닭 우는 소리가 들리면 밤의 귀신이 물러가고 낮의 인간 세상이 열리는 곳이다. '나'는 이러한 이승의 세계에서 벗어날 때만 그대 곁으로 갈 수 있다. 마지막 행에서 "가까웁는, 오오 가까웁는 그대뿐이 내게 있거라!"라고 외치고 있지만, 내가 죽지 않는 이상 '그대'는 사실 너무 먼 거리에 있는 것이다.

'나'는 비난수를 하면서 그들과 함께하고자 한다. 내가 가진 "모든 것을 한 짐에 묶어 가지고" 그들의 세계로 가고자 하나, 그것은 마음뿐이며, 그대들은 "닭소래와 함께 달아나"버리는 것이다.

93_ 찬 저녁

퍼르스릿한 달은, 성황당의
데군데군 헐어진 담 모도리에
우두키 걸리었고, 바위 위의
가마귀 한 쌍, 바람에 나래를 펴라.

엉기한 무덤들은 들먹거리며,
눈 녹아 黃土 드러난 멧기슭의,
여기라, 거리 불빛도 떨어져 나와,
집 짓고 들었노라, 오오 가슴이여

세상은 무덤보다도 다시 멀고
눈물은 물보다 더 더움이 없어라.
오오 가슴이여, 모닥불 피어오르는
내 한세상, 마당가의 가을도 갔어라.

그러나 나는, 오히려 나는
소래를 들어라, 눈석이물이 씨거리는,
땅 위에 누워서, 밤마다 누워,
담 모도리에 걸린 달을 내가 또 보므로.

"땅 위에 누워서, 밤마다 누워" 하늘의 달을 보는 '나'의 모습은 괴기스럽다. 1연에 묘사된 바와 같은 괴기스러운 분위기(푸른빛을 내는 달, 성황당, 까마귀 한 쌍) 속에서 '나'는 "모닥불 피어오르는 내 한세상, 마당가의 가을"을 추억해보지만, "세상은 무덤보다도 다시 멀고"라는 인식에서 벗어날 수는 없는 것이다. 이런 의미에서 이 시는 비통으로 가득 찬 절창 "부르는 소리는 비껴가지만/하늘과 땅 사이가 너무 넓구나"라는 「招魂」의 예고편인 셈이다.

2연에서 왜 무덤은 들먹거리는가. 망자들이 서서히 깨어나고 있기 때문일 것이다. 시적 주체는 인간이 사는 거리의 불빛에서 떨어져 나와 망자의 무덤 속에, 혹은 무덤의 곁에 새로운 집을 짓고 자리를 잡는다. 이처럼 자리를 잡고 나니, 세상이 오히려 무덤보다 멀고, 이승이 저승보다 멀게 느껴진다. 이승에서도 숱하게 눈물을 흘렸지만, 이승에서의 눈물 정도는 맹물보다 더 뜨거운 것도 아니다. 오히려 '나'는 무덤 곁에서 혹은 무덤 속에서 더 편안하다. 왜냐하면 무덤가의 '찬 저녁'이야말로 그대와 함께하는 가장 따뜻한 저녁일 수 있으므로.

94_ 招魂

산산이 부서진 이름이여!
虛空 中에 헤어진 이름이여!
불러도 主人 없는 이름이여!
부르다가 내가 죽을 이름이여!

心中에 남아 있는 말 한마디는
끝끝내 마저 하지 못하였구나.
사랑하던 그 사람이여!
사랑하던 그 사람이여!

붉은 해는 西山 마루에 걸리었다.
사슴이의 무리도 슬피 운다.
떨어져 나가 앉은 산 위에서
나는 그대의 이름을 부르노라.

설움에 겹도록 부르노라.
설움에 겹도록 부르노라.
부르는 소리는 비껴가지만
하늘과 땅 사이가 너무 넓구나.

선 채로 이 자리에 돌이 되어도
부르다가 내가 죽을 이름이여!

사랑하던 그 사람이여!
사랑하던 그 사람이여!

원래 초혼(招魂)이란 장례의 한 절차로서, 고복(皐復)의 다른 명칭이다. 민간신앙으로 볼 때 사람이 죽는 것은 혼이 나간 것이라고 생각된다. 따라서 그 나가버린 혼을 불러 재생시키겠다는 염원으로 고복초혼을 행했던 것이다. 초혼은 사자의 종이나 하인이 사자의 옷을 들고 지붕 위에 올라가서 북쪽을 향하여 사자의 이름을 세 번 부르는 행위를 가리키는 말이다.*

소월은 오산학교 재학 시절에 동급생이며 숙질 간인 김상섭과 친했는데 상섭이 갑자기 세상을 떠났으며, 「초혼」은 이를 시화한 것이라는 설이 있다.** 그러나 오산학교 재학 시절과 소월이 왕성하게 시를 쓰기 시작한 1924년 이후는 시기적으로도 일치하지 않아 믿기 어려운 측면도 있다.

이 시에서, 이승의 '나'는 저승의 '그대'를 향해 목 놓아 이름을 불러보지만, 그대의 답은 없다. 하늘과 땅 사이가 너무 넓기 때문이다. 그렇다면 '나'가 할 수 있는 일은 무엇인가. '그대'의 이름을 부르다가 '나'가 죽는 일밖에 없다. 죽은 다음의 세계라면? 그것은 당연히 저승의 세계이다.

이 시가 절창임에는 누구나 동의하지만 "부르다가 내가 죽을 이름이여 (……) 하늘과 땅 사이가 너무 넓구나"라고 외치는 시

---

* 장덕순 외, 『한국풍속지』, 을유문화사, 1974, 232쪽.(오세영, 위의 글, 39쪽에서 재인용)

** 계희영, 위의 책, 182쪽.

적 화자의 위치는 매우 위험한 것이기도 하다. '그대'의 이름을 부르다가 '내가 죽을' 수도 있는 경지에 대해 김윤식은 "「산유화」라든가 「진달래꽃」과는 비견도 할 수 없을 만큼 일방적이고 위험할 정도의 깊이와 어둠"을 지니고 있으며, "그 자리에서 한 발자국만 더 나서면 시는 파괴되어 물신적인 것으로 전락될 성질의 것이다. 혼의 영역은 어떠한 지적 통제력도 무력한 곳"이라고 평가하면서, 이 시들이 보여준 위험한 혼의 경지를 지적한 바 있다. 산 자의 문명을 다룬 게 아니라 죽은 자의 세계를 다루고 있기 때문이라는 것이다.*

* 김윤식, 위의 책, 17~18쪽.

저승의 세계에서 탈출하기

12부에는 단 한 편의 시 「旅愁」가 배치되어 있다.* 유독 한 편만 배치되어 있는 점이 우선 눈에 띄는데, 왜 소월은 단 한 편만 배치했을까.

어쨌든 이 한 편의 시는 이상한 긴장을 불러일으킨다. 연극에서는 침묵, 혹은 말의 절제가 더 큰 긴장을 일으킬 때가 있는데, 「여수」에도 이와 유사한 긴장이 담겨 있는 것으로 보인다.

필자는 시집 『진달래꽃』 전체가 귀신을 영접한 다음 귀신과 가까운 거리에서 만난 후, 마지막에는 귀신을 그들의 세계로 돌려보내는 구조, 즉 무당굿의 단계에 대응한다는 주장을 되풀이하고 있다. 12부에 실린 한 편의 시 「여수」는 귀신과 한몸이 되었던 무당의 태도가 갑자기 표변하여 마치 제3자가 강물에 떠내려오는 죽

* 이 시는 '목차'에서는 두 편의 시처럼 표기되어 있지만, 정작 시에서는 一, 二로 표시되어 있어 한 편의 시로 보는 게 타당하다. 이 시를 두 편으로 간주할 경우 시집 『진달래꽃』에 실린 시는 총 127편이지만, 한 편으로 볼 경우 126편에 해당한다.

은 시체를 담담하게 목격하는 것처럼 태도가 바뀌는 장면을 포착한다. 이제 무당은 무아지경에서 빠져나와 이승의 세계로 돌아올 준비를 하는 것이다.

귀신, 망자, 혼과의 만남에서 비롯한 11부의 격렬한 엑스터시는 12부의 「여수」에 이르러서 서서히 사라지고, 이제 망자를 위로하여 저승의 세계로 돌려보내고자 하는 태도로 변하는 것이다.

본고에서 12부 「여수」를 송신(送神)의 단계에 해당하는 첫 부분으로 보는 이유도 여기에 있다.

95_ 旅愁

1

六月 어스름 때의 빗줄기는
暗黃色의 屍骨을 묶어 세운 듯,
뜨며 흐르며 잠기는 손의 널 쪽은
支向도 없어라, 丹靑의 紅門!

2

저 오늘도 그리운 바다,
건너다보자니 눈물겨워라!
조그마한 보드라운 그 옛적 心情의
분결 같던 그대의 손의
사시나무보다도 더한 아픔이
내 몸을 에워싸고 휘떨며 찔러라,
나서 자란 故鄕의 해 돋는 바다요.

이 시가 귀신과 접신한 상태에서 "하늘과 땅 사이의 거리가 너무 넓구나"라고 절규했던 「초혼」(11부의 마지막 시)의 바로 다음에 배치되어 있다는 점을 다시 상기해보자.

이 시에서 시적 화자는 죽은 자와의 거리감이 주는 절망감에 울부짖던 「초혼」의 단계에서 벗어나, 망자의 시신을 담담한 심정으로 내려다보고 있는, 갑자기 객관화된 나그네로 변신한다. 화자는 강의 건너편에서 '암황색(暗黃色)의 시골(屍骨)'을 묵묵히 확인한다(장마철인 6월에 내리는 빗줄기에서 망자의 시신을 연상하고 있다). "뜨며 흐르며 잠기는 손의 널 쪽"은, 해독이 어렵지만, 아마도 강물에 떠가는 죽은 자의 시신이 남긴 관처럼 보인다.

사랑하는 님, 내가 못 잊어하는 님이 살아 있는 존재가 아니라 그저 '암황색의 시골'에 불과하다는 점을 깨닫는 이 지점에서, 이제 화자는 '그대'와의 이별을 준비하는 것이다. '암황색의 시골'과의 객관적 거리를 확보하는 순간, 화자는 꿈에서, 혹은 엑스터시의 굿판에서 점차 깨어난다.

제12부 「여수」를 이루는 이 짧은 시 한 편은, 짧음에도 불구하고 긴장감을 포함하고 있어, 짧지만 길게 느껴지는 무거운 침묵과도 방불하다. 11부를 휩싸고 있는 것이 격렬한 무당의 언어였다면, 12부에 실린 「여수」는 그야말로 길을 지나가는 '나그네의 수심' 정도로 객관화된 것이다.

여기에는 망자와 이별해야 하는 시적 화자의 굳센 마음가짐은 물론, 그것을 감행하지 못하는 내면의 흔들림조차 포함한다. 망자는 "저 오늘도 그리운 바다" 저편에 있으며, 아직도 '나'는 망자를 잊지 못해 "사시나무보다도 더한 아픔"을 느끼고 있지만, 이제 이러한 주저를 물리치면서 송신의 의식(儀式)을 시작해야 하는 것이다.

죽은 자를 그들의 세계로 돌려보내기

96_ 개여울의 노래
97_ 길
98_ 개여울
99_ 가는 길
100_ 往十里
101_ 鴛鴦枕
102_ 無心
103_ 山
104_ 진달래꽃
105_ 朔州龜城
106_ 널
107_ 春香과 李道令
108_ 접동새
109_ 집 생각
110_ 山有花

필자는 12부에 실린 한 편의 시 「여수」부터 귀신을 그들의 자리로 되돌려보내려는 의식, 즉 송신(送神)이 시작된다고 보았다.

13부의 시에서 가장 자주 등장하는 소재는 '새'이다. 새는 오랜 민간전승에서 저승과 이승을 매개하는 존재로 자주 등장한다.* 이는 하늘과 땅을 매개하는 존재로서의 무(巫)의 형상화에 가까우며, 따라서 산 자와 망자 사이에서 방황하는 시적 화자의 곤경을 보여주기에 가장 적절한 소재이다.

'새' 다음으로 자주 등장하는 소재들을 나열하면, '구름', '고개', '널뛰기', '객선(客船)', '무지개길' 등이다. 이들 시어 또한 이승과 저승을 연결하는 매개체로 작용한다. 예컨대 「朔州龜城」에

* 죽은 자가 새가 되어 나타난다는 이야기는 많은 민간 전승의 공식이다. 스티스 톰슨은 아르네-톰슨이 제시한 450개의 모티브 유형 중 '새'에 관련된 항목을 별도로 색인 220~249로 분류한다. 여기에는 죽었다가 다시 환생한 새, 말하는 새, 비밀을 엿듣는 새 등의 마술적 능력을 지닌 새들이 주로 출현한다(Stith Thompson, *The Folktale*, Holt, Rinehart and Winston, 1946. p.482).

서 '구름'은 머나먼 '삭주구성'의 험한 길을 탓하는 나그네의 심정을 일차적으로 보여주고 있지만, 그것이 고향으로부터 멀리 떨어져 있는 삭주구성과 고향 사이를 가로막는 장애물 정도의 의미만 가진 것은 아니다. '고개', '고갯길'도 마찬가지다. 시적 화자는 배를 타고, 혹은 마소를 앞세우고 고단하게 바다를 건너고 고개를 넘는데, 그 바다와 고개는 이승과 저승의 경계에 가까운 것으로 보인다. 또한 「꿈길」에 등장하는 '무지개길'도 비 온 뒤의 무지개가 아니라 꿈에 등장하는, '밤저녁의 그늘'에 등장하는, 이승과 저승을 연결해주는 다리로 보인다.

이런 의미들을 연장해보면, 「집 생각」의 '錦衣로 還故鄕'하는 사람, 「追悔」의 '그 사람' 또한 망자로 읽힌다. 이들 시에 등장하는 그네 타기, 널뛰기 등의 행위조차 바로 현실의 경계를 초월하여 새로운 세계에 도달하고자 하는, 다시 말해 그리운 망자와의 만남을 위한 계기로 작용한다. 널뛰기가 '사랑의 버릇'인 이유도 높이 올라 담장 너머를 보는 것에 그치는 게 아니라, 높이 올라 망자의 세계를 보고자 하는 생사 초월의 소망이 담겨 있기 때문일 것이다.

「진달래꽃」이라는 소제목으로 묶인 13부의 총 15편의 시는 이승과 저승 사이의 현격한 거리를 노래하면서, 이제 '그대'는 떠나야 할 존재라는 사실을 부각시킨다. 13부에 실린 시 「왕십리」를 보라. "비가 와도 한 닷새쯤 왔으면 됐지" 않을까. 이제 망자는 아무리 원통해도 그들의 세계로 돌아가야 하지 않을까. 이제 화자는 그대와의 이별을 결행해야 하지 않을까. 제13부의 절창이자 이 시집의 중심에 해당하는 「진달래꽃」이 그것에 해당할 것이다.

96_ 개여울의 노래

그대가 바람으로 생겨났으면!
달 돋는 개여울의 빈 들 속에서
내 옷의 앞자락을 불기나 하지.

우리가 굼벙이로 생겨났으면!
비오는 저녁 캄캄한 녕기슭의
미욱한 꿈이나 꾸어를 보지.

만일에 그대가 바다난끗의
벼랑에 돌로나 생겨났더면,
둘이 안고 굴며 떨어나지지.

만일에 나의 몸이 불鬼神이면
그대의 가슴속을 밤 도와 태워
둘이 함께 재 되어 스러지지.

'개여울'은 개울의 여울목을 뜻한다. 작은 하천에 해당하는 것이니 강의 이쪽 편과 저쪽 편의 거리가 결코 멀다고 할 수는 없다. 아마 큰 뜀 한 번 정도로 건널 수 있을 정도의 폭일지도 모른다.

그런데 이 시에서의 '개여울'은 결코 건널 수 없는 경계인 것처럼 보인다. 1연을 보면, 바람만이 그 경계를 뛰어넘을 수 있다고 하지 않았던가. 4연에서 '나'는 '불귀신'이 되어 '그대'와 만난다. '나'는 큰 걸음 한 번이면 건널 수 있는 것으로 보이는 '개여울' 앞에 우두커니 앉아, 죽지 않으면 만날 수 없는 '그대'를 생각하고 있는 듯하다.

97_ 길

어제도 하룻밤
나그네 집에
가마귀 가왁가왁 울며 새었소.

오늘은
또 몇十里
어디로 갈까.

山으로 올라갈까
들로 갈까
오라는 곳이 없어 나는 못 가오.

말 마소 내 집도
定州 郭山
車 가고 배 가는 곳이라오.

여보소 공중에
저 기러기
공중엔 길 있어서 잘 가는가?

여보소 공중에
저 기러기

열十字 복판에 내가 섰소.

갈래갈래 갈린 길
길이라도
내게 바이 갈 길은 하나 없소.

새가 민간전승에서 이승과 저승을 매개하는 존재가 된다는 점을 말한 바 있다. 사실 조류는 포유류보다 더 우월한 존재일지 모른다. 왜냐하면 하늘 높이 날 수 있다는 점에서 포유류보다 좀더 천상에 가까워질 수 있기 때문이다. 그래서 신화에서는 새가 인간보다 좀더 초월적이고 우월한 존재로 그려진다.

소포클레스의 연극 「외디푸스 왕」에는 새와 짐승의 복합 형상인 스핑크스가 등장한다. 스핑크스는 '어려선 네 발로 걷고, 커선 두 발로, 늙어서는 세 발로 걷는 것은 무엇이냐'는 퀴즈를 내고 이를 풀지 못하는 인간들을 죽인다. 재미있는 점은 이 퀴즈의 정답이 바로 '인간'임을 맞춘 외디푸스가 좀더 직접적으로 이러한 비극적 운명에 얽매인다는 데에 있다. 외디푸스는 어렸을 때 불길한 신탁 때문에 네 발이 묶인 채 버려져 '부은 발'(외디푸스라는 이름의 원래 뜻)로 살아가며, 장성해서는 두 발로 우뚝 선 테베의 왕이 되었지만, 그 이후에는 아버지를 죽이고 어머니와 결혼하게 된 자신의 과오를 알게 된 후 두 눈을 찔러 장님이 되는데, 장님이야말로 앞길을 더듬어 가기 위해 막대기를 사용해야 하는 '세 발로 걷는 존재'이기 때문이다. 다시 말해, 외디푸스는 스핑크스의 퀴즈를 풀 만큼 제법 현명한 존재이긴 했지만, 자신이야말로 가장 그러한 운명에 직접적으로 얽매인 사람이라는 점까지는 깨닫지 못했다는 점에서, 여전히 스핑크스보다 어리석은 존재이다.

스핑크스의 수수께끼는 "더 많은 발로 걷는 존재일수록, 더 약한 존재(the more feet it walks on, / the weaker it be)"라는 표현에 암시된 것처럼, 그리스인들의 우주론적 질서를 상징한다.* 뱀이나 다족류 등의 생물은 많은 다리를 사용해 걷는 존재이므로 가장 열등한 존재이며(뱀은 몸 전체가 다리라고 볼 수 있다), 인간 중에서는 네 발로 걷는 어린아이가 가장 열등한 존재이며, 지팡이 때문에 세 발로 걷는 노인은 두 발로 걷는 성인보다 열등한 존재이다. 이런 논리에 따른다면, 하늘을 날 수 있는 새는 두 발을 지상에 묶어두어야 하는 인간보다 우월한 존재인 것이다. 이러한 스핑크스의 어법을 확대해보면, 그리스 연극에는 세 개의 층위가 있다. 하나는 인간의 세계이고 나머지 둘은 천상과 지하의 세계이다. 빛과 지혜와 생명의 의미로 예찬되는 천상, 더러움과 죽음의 의미로 기능하는 지하의 세계 중간에 놓인 인간들의 모습이야말로 그리스 연극의 갈등 구조인 셈인데, 위에서 언급한 스핑크스의 퀴즈에는 이러한 연극 공간의 층위가 잘 나타나 있다. 위에서부터 보면 하늘의 신(제우스)→새→성인→노인→아이→지하의 신(하데스)의 위계질서가 뚜렷한데, 스핑크스의 퀴즈는 인간이 처한 위치가 어떠한가를 질문하고 있다는 점에서, 단순한 에피소드가 아니라 그것 자체로 인간에 대한 존재론적인 질문에 도달하게 만든다.

---

* Sylvan Barnet, Morton Berman, William Burto, *Types of Drama*, HarperCollinsCollege Publishers, 1993, p.48.

이 시에서도 '새'는 인간보다 우월한 존재가 아닐까. 그러기에 시적 주체는 새에게 '여보시오'라고 두 번이나 부르고 있지 않은가. 나그네가 갈 수 있는 집은 정주 곽산에 있다. 기러기는 하늘을 날기 때문에 그곳에 쉽게 갈 수 있고, 나그네 또한 차나 배를 타고 그곳에 갈 수 있다. 그런데 '나'는 갈 곳이 없다고 말하고 있다. 시적 주체가 갈 수 없는 곳이라고 한탄하는 장소는 정주 곽산이 아니다. 그가 갈 수 없다고 한탄하는 장소는 아마 망자들이 사는 곳일 것이다. 그곳에 갈 수 있는 '길'은 없는 것이다. 새만이 그곳에 좀더 근접할 수 있는 것이라면, 도대체 인간은 얼마나 작은 존재인가.

98_ 개여울

당신은 무슨 일로
그리합니까?
홀로이 개여울에 주저앉아서

파릇한 풀포기가
돋아 나오고
잔물은 봄바람에 헤적일 때에

가도 아주 가지는
않노라시던
그러한 約束이 있었겠지요

날마다 개여울에
나와 앉아서
하염없이 무엇을 생각합니다

가도 아주 가지는
않노라심은
굳이 잊지 말라는 부탁인지요

우리는 96번째의 시 「개여울의 노래」에서 개여울을 언급했다. 문자 그대로 해석하면, 개여울은 아주 작은 규모의 하천에 불과하지만, 이 시에서는 이승과 저승을 나누는 경계로서의 황천처럼 거대하고 엄연한 것이다. 이 시에서 산 자는 자신과 망자를 분리하는 '개여울'을 넘어서기 위해 "그대가 바람으로 생겨났으면!"이라는 소망을 가져보기도 하며, "만일에 니의 몸이 불귀신이면"이라는 소망을 가져보기도 했다.

이번 시 「개여울」에서는 시적 주체가 "날마다 개여울에 나와 앉아서", 개울의 저편에 있는 망자에게 "가도 아주 가지는 말라", "잊지 말라"는 부탁을 남긴다. 사실 '가도 아주 가지는 않겠다는 약속'은 일단 '가긴 가라'는 애절한 부탁과도 상통한다. 가긴 가되 아주 가지는 마라. 왜냐하면 이승의 '나'도 곧 당신을 따라 그곳으로 갈 것이기 때문.

99_ 가는 길

그립다
말을 할까
하니 그리워

그냥 갈까
그래도
다시 더 한 番……

저 山에도 가마귀, 들에 가마귀,
西山에는 해 진다고
지저귑니다.

앞 江물, 뒷 江물,
흐르는 물은
어서 따라오라고 따라가자고
흘러도 연달아 흐릅디다려.

김소월의 시는 외형상 대체적으로 7·5조의 음수율을 가지고 있으며, 이러한 음수율은 시집 『진달래꽃』 전체를 관류하는 형식적 특징이다. 그런데 1, 2연의 7·5조는 행을 자주 바꾸는 장치를 통해

좀더 느린 리듬으로 펼쳐져 있으며, 3, 4연의 7·5조는 좀더 빠른 리듬으로 간극이 좁혀져 있다.

이 시의 절묘함은 1, 2연의 느린 리듬과 3, 4연의 빠른 리듬이 대비되는 데에서 찾을 수 있다. 1, 2연에서는 차마 떠나지 못하는 시적 주체의 망설임을 표현하며, 3, 4연에서는 그럼에도 불구하고 갈 길을 재촉해야 하는 나그네의 현실적인 정황을 표현한다.

이 시는 사랑하던 사람의 집 근처를 지나는 나그네가 차마 그곳을 지나치지 못하는 심정을 노래한 것으로 알려져 있다. 그립다는 말을 꺼내기도 전에 벌써 그리움이 몰려드는 판이니 그냥 뒤돌아서 떠나는 것이 쉽지는 않았을 것이다.

그런데, 이 시에서조차 죽음의 그림자는 얼핏 스친다. 해가 지고 까마귀가 지저귀고, 강물이 연달아 흐르는 곳이 이승이라면, 나그네가 멈춰 서서 망설이고 있는 장소는 그리워하던 '님'의 무덤가가 아닐까 싶다. 망자이기에 나그네는 '그립다'는 말조차 꺼내지 못하는 것 아닐까.

우리는 김소월의 생애를 들어 이 시들 속의 '나그네'가 학교나 직업을 위해 타향을 유랑하던 소월 자신의 생애에 대입하여 설명할 수 있고, 기존의 연구도 대체적으로 이러한 입장에서 이루어졌다. 그러나 이러한 '나그네'의 형상을 이승과 저승 사이를 배회하는 '방랑자 영웅'*이라는 시각에서 본다면, 이들 시에 등장하는 나그네의 심상이 그리 범상치는 않다는 점을 알게 된다.

---

* 이야기 속의 주인공은 방랑자로 자주 등장한다. 이에 대해서는 "영웅들은 대부분 방랑자들이다. 방랑은 그리움을 나타내는 상이다"(구스타프 융, 한국융연구원 C.G. 융 저작 번역위원회 역, 『영웅과 어머니 원형』, 솔, 2006, 64쪽)라는 언급을 참조할 필요가 있다.

100_ 往十里

비가 온다
오누나
오는 비는
올지라도 한 닷새 왔으면 좋지.

여드레 스무날엔
온다고 하고
초하루 朔望이면 간다고 했지.
가도 가도 往十里 비가 오네.

웬걸, 저 새야
울려거든
往十里 건너가서 울어나 다고,
비 맞아 나른해서 벌새가 운다.

天安에 삼거리 실버들도
촉촉이 젖어서 늘어졌다데.
비가 와도 한 닷새 왔으면 좋지.
구름도 山마루에 걸려서 운다.

「왕십리」에 대해 어떤 논자는 "여름날 장마철의 나른한 정서를 통하여 삶의 권태를 슬몃 비추어주고 있다"*는 식의 막연한 해설을 보태고 있지만, 이 시가 이러한 정도의 나른함, 권태를 담고 있는 시는 아니다.

우리는 이 시에서 다시 "웬걸, 저 새야/울려거든/往十里 건너가서 울어나 다오"라는 구절을 주목할 필요가 있나. 왕십리(이승)에는 주야장창 비가 내리고 있는데, '저 새'더러 이제는 왕십리를 떠나 건너편의 '저승'에나 가서 울라고 명령하는 것이다. 물론 시적 화자는 왕십리에서 주야장창 내리는 비 때문에 고통받고 있다. 그리고 '저 새'와 '벌새'는 왕십리를 벗어난 다음에도 힘에 지친 채, '비 맞아 나른해서' 울고 있다. 이처럼 왕십리의 '이쪽 편(이승)'과 '저편(저승)'에서 산 자와 죽은 자는 각각 고통받고 있지만, 이제 이승과 저승은 분리되어야 한다는 것이다.

지금은 서울의 번화한 곳이 되어버렸지만, 왕십리는 한성에서 십 리를 가도 이십 리를 가도 그곳인, 동대문 바깥의 외진 시골에 불과했을 것이다. 그러므로 왕십리는 한성에서 정확하게 십 리를 벗어난 지점에 있는 특정한 공간이라기보다는 가도 가도 끝이 없는, 십 리를 가든 이십 리를 가든 그곳에 있는, 어떤 절대적인 공간일 것이다. 아무리 열심히 길을 걸어도 아직 왕십리이며, 여전히 비는 내리고 있는 것이다.

망자에게 편안한 저승길을 닦아주기 위한 천도제(薦度齋) 등의 제의가 있다. 이러한 제의적 장치는 죽은 자들을 망자의 세상인

* 이승훈, 「『진달래꽃』의 구조 분석」, 『문학사상』, 1985. 7, 262쪽(송희복, 『김소월 연구』, 태학사, 1994, 291쪽에서 재인용).

저승으로 편안하게 인도하는 것에 일차적인 목적이 있는 듯 보이지만, 기실은 살아남은 자들을 위한 것이기도 하다. 죽은 자와 이별을 해야 산 자들이 편안해지기 때문이다.

산 자들은 망자에 대해 두 가지 상반된 감정을 가진다. 하나는 죽은 자를 향한 지극한 애정과 슬픔이지만, 다른 하나의 감정은 죽은 자에 대한 두려움과 혐오의 감정이다. 우리는 이 시 「왕십리」에서 이처럼 상반된 애증(愛憎)의 양가감정을 읽어낼 수 있다. 이 시에서 "비가 와도 한 닷새 왔으면 좋지" 왜 끝없이 내리느냐고 투정하는 「왕십리」의 화자는 이제 당신들 망자들의 사연을 들어줄 만큼 들어주었으니, 이제 굿판에서 한판 잘 먹고 놀았으면 다시 그대들의 세계로 돌아가라는 산 자의 목소리를 담고 있다. 그것은 거의 협박에 가깝다. 지금껏 그 의미가 확연히 해석되지 못한 「왕십리」에서조차 우리는 산 자와 망자 사이의 거리감을 읽어낼 수 있는 것이다.

101_ 鴛鴦枕

바드득 이를 갈고
죽어볼까요
窓가에 아롱아롱
달이 비춘다

눈물은 새우잠의
팔굽베개요
봄꿩은 잠이 없어
밤에 와 운다.

두동달이베개는
어디 갔는고
언제는 둘이 자던 변개머리에
"죽자 사자" 언약도 하여보았지.

봄메의 멧기슭에
우는 접동도
내 사랑 내 사랑
좋이 울것다.

두동달이베개는
어디 갔는고

窓가에 아롱아롱
달이 비춘다.

'두동다리베개'는 두동베개, 즉 갓 혼인한 부부가 함께 베는 길이가 긴 베개를 뜻한다. 베개를 함께 나누며 죽을 때까지 함께 살자던 님은 사라지고 없다. '나'는 님을 만나기 위해 차라리 죽어버릴까 생각하기도 한다. 아마도 님은 저승에서나 만날 수 있기 때문은 아닐까.

102_ 無心

시집와서 三年
오는 봄은
거친벌 난벌에 왔습니다

거친벌 난벌에 피는 꽃은
졌다가도 피노라 이릅디다
소식 없이 기다린
이태 三年

바로 가던 앞江이 간봄부터
굽이돌아 휘돌아 흐른다고
그러나 말 마소, 앞 여울의
물빛은 예대로 푸르렀소

시집와서 三年
어느 때나
터진개 개여울의 여울물은
거친벌 난벌에 흘렀습니다.

시집온 지 3년. 해마다 봄은 다시 오고, 앞 강물의 줄기조차 바뀌

었지만, 기다리던 소식은 오지 않는다.

소식을 기다리는 것은 시집온 새댁인 듯한데, 그렇다면 오지 않는 자는 누구일까. 당연히도 '님'일 듯한데, 그 '님'은 제목이 말해주는 것처럼 '무심'한 님이다. 이미 죽었기 때문에 무심할 수밖에 없는 것은 아닐까.

103_ 山

山새도 오리나무
위에서 운다
山새는 왜 우노, 시메山골
嶺 넘어가려고 그래서 울지.

눈은 내리네, 와서 덮이네.
오늘도 하룻길
七八十里
돌아서서 六十里는 가기도 했소.

不歸, 不歸, 다시 不歸,
三水甲山에 다시 不歸.
사나이 속이라 잊으련만,
十五年 정분을 못 잊겠네

山에는 오는 눈, 들에는 녹는 눈.
山새도 오리나무
위에서 운다.
三水甲山 가는 길은 고개의 길.

'님'과 15년의 정분을 나누었던 장소인 산수갑산은 너무 멀리 있는 곳이라 다시 돌아가기 힘들다. 그러나 그곳이 과연 불귀(不歸)를 네 번이나 외쳐야 할 정도로 불가능한 먼 곳에 있는가.

다시 돌아갈 수 없는 곳은 15년간 정분을 나누었던 과거의 그곳이다. 지금 그곳에 돌아간다 해도, '님'은 그곳에 없을 것이다. '님'은 이미 죽은 존재이기 때문. 이런 상황이라면, 돌아갈 수 없는 곳은 '산수갑산'이 아니라, 그녀와 함께 살았던 과거의 '산수갑산'이다.

104_ 진달래꽃

나 보기가 역겨워

가실 때에는

말없이 고이 보내 드리우리다

寧邊에 藥山

진달래꽃

아름 따다 가실 길에 뿌리우리다

가시는 걸음걸음

놓인 그 꽃을

사뿐히 즈려밟고 가시옵소서

나 보기가 역겨워

가실 때에는

죽어도 아니 눈물 흘리우리다

이 시는 자신을 버리고 떠나는 남자에 대한 버림받은 여자의 정서로 읽는 게 일반적이다. "남자는 꽃을 가볍게 밟고 지나가지만 밟혀 뭉개지는 꽃에게는 그의 발이 견딜 수 없이 무겁다. 여기서 밟히는 꽃은 그를 보내는 여자이다. 남자는 꽃을 사뿐히 밟고 지나

가지만 여자는 그의 발에 즈려밟히는 것이다" 등등의 해석이 그것이다.* 오세영은 이러한 해석에서 좀더 나아가 방어기제에 관한 프로이트의 이론인 반동형성(reaction formation)을 대입시킨다. 예를 들어 상대방에 대해 품은 증오감으로 말미암아 불안을 느낀 사람이 이를 회피할 목적으로 적대감을 감추고 오히려 그에게 사랑의 감정을 유출시켰다면 그는 자신의 감정을 반동형성시킨 것이며, 「진달래꽃」에서 화자가 님에게 보여준 순종과 관용의 미덕 역시 이러한 심리에서 나온다고 평가한다.**

그러나 필자의 독법에 따른다면, 이 시에서 '당신'은 나를 두고 먼저 죽은 존재로 읽힌다. 그런데 '나'는 '당신'이 "나 보기가 역겨워서" 먼저 이승을 떠났다고 생각한다. 그런 다음 "나 보기가 역겨워" 죽었기에 이제 '나'는 '당신'의 죽음에 대해서 "죽어도 아니 눈물" 흘리겠다고 다짐하는 것이다. '나'는 이승에 혼자 남았지만, 독하고 질기게 이승의 삶을 살아가야 하기 때문에, 죽은 자에 대한 미움의 감정을 가질 필요가 있는 것이다. 다시 말해 여기에는 산 자가 죽은 자를 대하는 이중의 감정이 개입된다. 산 자가 이승의 세계에서 살아가기 위해서는 아무리 사랑하는 사람이라 할지라도 죽은 자를 저승의 세계로 돌려보내기 위해 애증(愛憎)의 감정이 필요한 것이다.

'징허게' 내리는 왕십리의 비도 이제 멈춰야 하며, 나보다 먼저 죽어 나를 괴롭히는 망자의 원혼도 이제 "죽어도 아니 눈물" 흘리면서라도 잊어야 하는 것이다.

이 시집에서 '진달래꽃'은 세 번 등장한다. 이 시의 제목이 「진

* 김인환, 「김소월의 시적 여정」, 김인환 책임편집, 『김소월』, 휴먼앤북스, 2011, 163쪽.

** 오세영, 위의 책, 35쪽.

달래꽃」이며, 이 시가 포함된 13부의 소제목이 「진달래꽃」이며, 마침내 이 시집의 제목이 『진달래꽃』이다. 이 시가 이 시집의 중심이 되어야 하는 까닭은 어디에 있을까. 당신이 이제 죽었으니, 나도 당신을 잊어야 한다는 것. 넋두리와도 같은 이 중얼거림이 이 시집 전체를 관류하고 있기 때문이다.

105_ 朔州龜城

물로 사흘 배 사흘
먼 三千里
더더구나 걸어 넘는 먼 三千里
朔州龜城은 山을 넘은 六千里요

물 맞아 함빡히 젖은 제비도
가다가 비에 걸려 오노랍니다
저녁에는 높은 山
밤에 높은 山

朔州龜城은 山너머
먼 六千里
가끔가끔 꿈에는 四五千里
가다오다 돌아오는 길이겠지요

서로 떠난 몸이길래 몸이 그리워
님을 둔 곳이길래 곳이 그리워
못 보았소 새들도 집이 그리워
南北으로 오며가며 아니합디까

들 끝에 날아가는 나는 구름은
밤쯤은 어디 바로 가 있을 텐고

朔州龜城은 山너머

먼 六千里

평북 삭주군은 압록강의 중류에 해당하고, 인접한 구성군은 소월의 외가이자, 소월이 태어난 곳이다. 이곳은 압록상을 거슬러 뱃길로 가기에도 힘든 곳이며, 걸어 넘기에도 힘든 곳이다. 제비도 가다가 힘이 들어 되돌아오는 곳. '나'는 꿈에서나 감히 그곳으로 되돌아간다.

멀리 떨어진 그곳을 관습적으로 '3천리'라 부르는 것은 충분히 이해가 된다. 그런데 이 시에서는 '6천리'라는 표현을 두 번이나 쓰고 있다. 왜 '6천리'일까? 그곳으로 가는 편도의 여정이 아니라, 갔다가 돌아오는 왕복의 여정이기에 6천리라고 불렀을 것이다. '삭주구성'이 죽은 자들의 세계라면, 거기로 들어가서는 안 되며, 반드시 다시 돌아와야 하는 것이다. 그래서 '6천리'인 셈이다.

106_ 널

城村의 아가씨들
널뛰노나
초파일날이라고
널을 뛰지요

바람 불어요
바람이 분다고!
담 안에는 垂楊의 버드나무
彩色 줄 層層그네 매지를 말아요

담 밖에는 垂楊의 늘어진 가지
늘어진 가지는
오오 누나!
휘젓이 늘어져서 그늘이 깊소.

좋다 봄날은
몸에 겹지
널뛰는 城村의 아가씨네들
널은 사랑의 버릇이라오

사월 초파일이니 널뛰기와 그네 타기가 한창일 것이다. 성촌의 어여쁜 아가씨들이 신나게 널을 타고 있으니, 이 시의 제목이 '널'임은 당연하다.

그런데 이 시에서는 난데없이 화려한 '그네'를 매지 말라고 간청한다. 바람이 불어 위험하니까? 아니다. 시적 주체는 그네를 매어야 할 수양버들의 가지에서 '누나'를 만났기 때문이다. 수양버들의 휘젓이 늘어진 가지가 가져다준 '깊은 그늘'에서 '누나'의 환영을 본 건 아닐까.

'누나'가 망자임은 분명하다. 아가씨들은 신나게 널을 뛰고 있지만, 시적 주체는 버드나무 그늘 아래서 '죽은 누나'의 환영을 보고 있는 것. 그것은 성촌의 아가씨들이 흥겹게 놀고 있는 '사랑의 버릇'과는 다른 세계에 속하는 것.

107_ 春香과 李道令

平壤에 大同江은
우리나라에
곱기로 으뜸가는 가람이지요

三千里 가다가다 한가운데는
우뚝한 三角山이
솟기도 했소

그래 옳소 내 누님, 오오 누이님
우리나라 섬기던 한 옛적에는
春香과 李道令도 살았다지요

이便에는 咸陽, 저便에 潭陽,
꿈에는 가끔가끔 山을 넘어
烏鵲橋 찾아찾아 가기도 했소

그래 옳소 누이님 오오 내 누님
해 돋고 달 돋아 南原 땅에는
成春香 아가씨가 살았다지요

이승과 저승 사이의 경계에 관한 사연은 「춘향과 이도령」에도 얼핏 드러난다. 이 시는 잘 알려지지 않은 작품인데, 얼핏 보면 이 시는 의미론적인 완결성이 다소 흐트러진 작품으로 보이기 때문이 아닌가 싶다.

이 시에서 춘향, 이도령, 오작교를 잇는 이야기의 공간적 배경은 남원, 함양, 담양만으로 충분한 것처럼 보인다. 나시 말해, 대동강과 삼각산을 거론하는 1, 2연은 사족처럼 느껴진다. 그러나 춘향과 이도령의 거리를 산 자와 망자 사이의 거리로 비약해보면, '오작교'는 함양과 담양 정도의 가까운 거리에 있는 것보다는 좀더 종교적이고 우주적인 차원의 거리로 확대될 필요가 있다. "우리나라 섬기던 한 옛적"을 끌어들이고, 대동강과 삼각산을 끌어들인 이유는 여기에 있을 것이다.*

화자는 춘향과 이도령의 사랑을 현실적인 남녀의 만남, 다시 말해 입신출세하고 행복하게 결혼에 이르는 로맨틱 코미디 「춘향전」의 공식으로 그리지 않는다. 화자가 그린 춘향과 이도령의 사랑은 오작교를 건너야 만날 수 있는 비현실적인 사랑, 산 자와 망자의 사랑, 현실의 경계를 뛰어넘는 우주적인 사랑에 가까워 보인다.

이 시가 망자의 삶을 그리고 있다는 좀더 결정적인 근거는 "해

* 이 시에 대해서도 "제목은 「춘향과 이도령」이다. 그러나 내용은 그것을 소재로 하여 민족, 국가에 대한 사랑의 감정을 실은 것이다"(김용직 편저, 『김소월전집』, 서울대학교출판부, 1996. 174쪽) 등의 해석이 일반적이다. 그러나 이러한 해석으로는 시적 화자의 상대역으로 등장하여 자주 환기되는 "누이", "누님"의 의미를 놓치기 쉽다. 시적 화자는 성춘향, 직녀, 누이를 모두 저승에 위치시키고, 이승에서 그들을 기다리는 시적 화자의 마음을 이도령, 견우의 처지에 빗대어 표현하고 있다.

돋고 달 돋아"에서 알 수 있듯, 현실이 아닌 우주적 공간에서의 사랑을 언급하고 있는 제5연에서 찾아볼 수 있을 것이다. '성춘향'도 '누이'도 모두 망자의 세상에 살고 있기 때문이다.

108_ 접동새

접동
접동
아우래비 접동

津頭江 가람가에 살던 누나는
津頭江 앞마을에
와서 웁니다

옛날, 우리나라
먼 뒤쪽의
津頭江 가람가에 살던 누나는
의붓어미 시샘에 죽었습니다

누나라고 불러보랴
오오 불설워
시새움에 몸이 죽은 우리 누나는
죽어서 접동새가 되었습니다

아홉이나 남아 되던 오랩동생을
죽어서도 못 잊어 차마 못 잊어
夜三更 남 다 자는 밤이 깊으면
이山 저山 옮아가며 슬피 웁니다

이 시는 잃어버린 가족을 위해 접동새가 되어 찾아오는 누이를 주인공으로 한 접동새 설화에 기반하고 있으며, 소쩍새의 구슬픈 노랫소리를 한으로 읽어내는 기원담의 형식을 취하고 있는 것이 특징적이다.

사악한 계모의 시샘은 백설공주(Snow White) 이야기를 통해 전 세계적으로 분포되어 있는데, 백설공주 이야기가 한 소녀의 성장과 결혼을 다루는 반면, 접동새 설화는 죽음으로 끝나고 있다는 점에서 좀더 비극적이다.

접동새 설화는 구비문학에 해당하는 것이어서 어차피 이본이 많을 수밖에 없다. 이 시를 이해하기 위해서는 소월의 숙모 계희영이 어린 소월에게 들려줬다는 접동새 설화를 소개하는 편이 가장 자연스럽다. "옛날 박천 진두강 맑은 물이 흘러내리는 산골에 한 선비가 살았구나. 맏이로 딸 하나를 두고 아들을 아홉이나 두었는데 오롱조롱 어린것들을 남겨놓고 그만 엄마가 세상을 떠났구나. 그래서 맏누나는 엄마 대신 동생들을 돌보며 시중했구나"로 시작되는 접동새 이야기는 계모의 질투에 의해 맏누나가 죽는 것으로 끝난다.* 이 설화에 따른다면, '아우래비'는 아홉 오라비에 해당할 것이다.

* 계희영, 위의 책, 73쪽.

109_ 집 생각

山에나 올라서서
바다를 보라
四面에 百열里, 滄波 중에
客船만 중중…… 떠나간다.

名山大刹이 그 어느메냐
香案, 香榻, 대그릇에,
夕陽이 山머리 넘어가고
四面에 百열里, 물소래라

"젊어서 꽃 같은 오늘날로
錦衣로 還故鄕하옵소서."
客船만 중중…… 떠나간다
四面에 百열里, 나 어찌 갈까

까투리도 山속에 새끼 치고
他關萬里에 와 있노라고
山중만 바라보며 목메인다
눈물이 앞을 가리운다고

들에나 내려오면
치어다보라

해님과 달님이 넘나든 고개
구름만 첩첩…… 떠돌아간다

높은 산에 올라가 고향을 더듬어본다는 상황 자체는 '집 생각'이라는 정서를 자연스럽게 드러내는 데에 도움이 된다. 금의환향(錦衣還鄕)을 꿈꾸고 고향을 떠났던 사람이기에 돌아갈 수 없는 고향에 대한 생각이 더욱 사무칠 것이다.

그런데 2연이 조금 이상하다. 왜 고향 이야기를 하다 말고 명산대찰 이야기를 하고 있는 것일까. 그가 최종적으로 돌아가고자 하는 고향은 부처님께 귀의하는 것이고, 죽음이 아닐까. 그렇다면 이 시의 '집'을 인간의 영원한 안식처인 죽음의 처소로 읽을 수도 있지 않을까.

110_ 山有花

山에는 꽃 피네
꽃이 피네
갈 봄 여름 없이
꽃이 피네

山에
山에
피는 꽃은
저만치 혼자서 피어 있네

山에서 우는 작은 새요
꽃이 좋아
山에서
사노라네

山에는 꽃 지네
꽃이 지네
갈 봄 여름 없이
꽃이 지네

13부에 실린 15편의 시 중에서 9편에 '새'가 출현한다. 「길」과 「가는 길」의 나그네는 '까마귀(가마귀)'를 보며 자신이 가던 발걸음을 멈춘다. 자주 등장하는 '접동'의 경우에도, '누나'는 죽어서 '접동'이 되어 있으며, '나'는 '접동'을 보며 "내 사랑 내 사랑"이라고 절규한다. 그런데 위들의 시에 나타나는 '새'들은 '벌새', '제비'처럼 '작은 새'들이다. 이 새들은 너무 힘이 약해서 "비 맞아 나른해서 벌새가 운다"처럼 내리는 비를 감당하지 못할 정도이다. "물 맞아 함빡히 젖은 제비"도 그러하거니와, '산새'는 "영 넘어가려고 그래서 울지"에서 볼 수 있듯, 고갯길을 넘어가는 것조차 힘에 겨워한다. 왜 새들은 그토록 연약하며, 시적 화자는 새를 보는 순간 가던 발걸음조차 멈춰야 하는가.

그 연약한 새들 중에서도 「산유화」의 '작은 새'가 유독 눈에 띈다. 「산유화」에서 화자는 '작은 새'가 '꽃이 좋아' 산에서 살고 있다고 노래한다. 그러나 독자들은 '작은 새'가 꽃이 좋아서 산에 사는 게 아니라는 것을 금방 안다. 4연을 보면, 산에는 이내 꽃이 지고 있지 않은가. 사실 여기에는 한국어 특유의 반어가 담겨 있다. 북망산에 망자를 묻고 이제는 어서 떠나야 한다는 주변 사람들에게 "나는 이곳을 떠날 수 없다. 왜냐하면 나는 아직 망자와 이별할 수 없기 때문에"라고 외쳐야 하는 산 자의 슬픔이 "나는 이곳을 떠날 수 없다. 왜냐하면 나는 여기에 핀 꽃을 좋아하기 때문에"라고 외치는 산 자의 엉뚱한 반어로 발화되고 있는 것이다.

필자의 관점에 따라 이 시를 읽어보자. 이 시에서 '꽃'은 죽은 자의 상여를 덮는 꽃이다. 1, 2연에서 화자는 꽃으로 치장된 상여를 바라본다. 오늘도 산에는 상여가 들어섰으며, 상여는 오늘뿐 아니라 '갈 봄 여름 없이' 늘 산으로 올라오는 것이다.

이런 관점을 밀고 나가면, 이 시에서의 '산'도 북망산(北邙山)으로 해석될 수 있다. 죽은 자는 북망산에서 상여의 꽃으로 다시 피어나지만, 늘 '저만치 혼자서' 피어 있는 것이다. 이 시의 가장 핵심적인 구절인 '저만치 혼자서'야말로 단독자로서 맞아야 하는 죽음에 대한 공포이자 인간의 실존적 조건에 대한 표명이지 않은가. 다음의 3연에서 화자는 '저만치 혼자서' 피어 있는 꽃을 이별하지 못해, 산에서 벗어나지 못한다. "꽃이 좋아/山에서/사노라네"라고 말하고 있지만, 이러한 역설이야말로 죽은 자를 쉽게 보내지 못하는 산 자의 슬픔을 보여주는, 소월 특유의 방법론인 셈이다.*

이 시에 나타난 '작은 새'가 시적 화자의 분신임을 받아들일 때, 우리는 위의 시 「산유화」를 망자와의 이별을 감행하지 못하는 살아남은 자의 슬픔과 고통으로 읽을 수 있는 것이다. 새는 하늘을 날 수 있다는 점 때문에 종종 초월적인 존재에 비유된다. 위의 시들에 나타난 '새'들은 현실에서 떠나야 하는 망자들의 처지인 동시에 지상에도 하늘에도 정착할 수 없는 떠도는 존재로서의 곤경을 드러냄으로써, 산 자와 망자 사이의 거리감에 고통받고 있는 시적 화자의 마음을 보여주는 소재로 등장하는 것이다.

---

* 김만수, 「김소월의 『진달래꽃』과 샤마니즘」, 민족문학사학회, 『민족문학사연구』, 2003. 12, 282쪽.

돌려보낸 후의 공허함

13부의 첫 시 「개여울의 노래」, 그리고 한 편의 시를 건너뛰어 배치된 「개여울」에서 우리는 산 자와 망자를 분리하는 '개여울'을 보았다. 13부의 후반부 시들에서는 '개여울'을 뛰어넘는 존재로 '새'가 설정되었다. 새들만이 높은 고개를 넘어 저 세상으로 여행할 수 있는 것이다. 이들 시에서 저승과 이승의 거리를 보여주는 다른 이미지들, 예를 들어 하늘과 땅, 혹은 이승과 저승의 경계에 놓인 '개여울', '구름', '바람', '무지개', '오작교' 등과 함께 하늘과 땅 사이의 간격을 좁히려는 상징적 시도들인 '널뛰기', '그네타기' 등이 자주 등장하는 것도 이와 연관될 것이다.

「꽃燭불 켜는 밤」이라는 소제목으로 묶인 14부의 총 10편의 시들은 이승과 저승 사이의 거리를 최종적으로 강조하면서, 이제 '그대'는 떠나야 할 존재라는 사실을 여러 형태의 제사(祭祀)로 표현한다. 시적 화자는 '꽃燭불'을 켜고 어차피 사람은 늘 죽게 마련이라고 중얼대는 것이다.

111_ 꽃燭불 켜는 밤

꽃燭불 켜는 밤, 깊은 골방에 만나라.
아직 젊어 모를 몸, 그래도 그들은
"해달같이 밝은 맘, 저저마다 있노라."
그러나 사랑은, 한두番만 아니라, 그들은 모르고.

꽃燭불 켜는 밤, 어스러한 窓 아래 만나라.
아직 앞길 모를 몸, 그래도 그들은
"솔대같이 굳은 맘, 저저마다 있노라."
그러나 세상은, 눈물날 일 많아라, 그들은 모르고.

신혼 방에 "꽃燭불"이 켜진다. 그들의 마음은 해와 달처럼 밝고, 솔대같이 굳은 언약을 지키고자 한다.

그런데 시적 주체는 사랑이란 그런 일순간의 행복이 아니라고 말한다. 신혼에 들뜬 부부들이 모르는 것은 무엇인가. 세상은 눈물 날 일도 많고, 결국에는 죽음과 이별로 끝난다는 것. 시적 화자는 그 우울한 죽음의 세계를 중얼거리고 있다.

112_ 富貴功名

거울 들어 마주 온 내 얼굴을
좀더 미리부터 알았던들
늙는 날 죽는 날을
사람은 다 모르고 사는 탓에,
오오 오직 이것이 참이라면,
그러나 내 세상이 어디인지?
지금부터 두여들 좋은 年光
다시 와서 내게도 있을 말로
前보다 좀더 前보다 좀더
살음즉이 살는지 모르련만.
거울 들어 마주 온 내 얼굴을
좀더 미리부터 알았던들!

부귀공명보다 중요한 것은 사람은 결국 죽는다는 것. 시적 주체는 "오오 오직 이것이 참"이라고 중얼거리고 있다.

113_ 追悔

나쁜 일까지라도 生의 努力,
그 사람은 善事도 하였어라
그러나 그것도 虛事라고!
나 亦是 알지마는, 우리들은
끝끝내 고개를 넘고넘어
짐 싣고 닫던 말도 숯막집의
虛廳가, 夕陽손에
고요히 조으는 한때는 다 있나니,
고요히 조으는 한때는 다 있나니.

'숯막'은 숯을 굽는 곳에 짓는 움막을 말한다. 숯막은 인가로부터 멀리 떨어진 곳에 있으며, 말은 아마 숯의 재료로 쓰일 나무나 숯을 싣고 고되게 고개를 넘어가야 했을 것이다. 그런데 그 고된 말조차 고요히 오수에 빠지는 달콤한 휴식의 시간이 있을 것이다.

이 시의 제목 '추회'는 옛일을 생각하며 후회에 빠진다는 점을 암시한다. 그 사람은 착한 일도 했지만, 때에 따라서는 나쁜 일도 할 수밖에 없었을 것이다. 인간에게도 달콤한 휴식에 빠진 말처럼, 후회와 반성의 감정조차 내던지고 좀 쉬어야 할 때가 있는 법이다.

프로이트는 매우 불행한 말년을 보냈다. 턱의 종양 때문에 수십

번의 수술을 받아야 했으며, 나치 치하에서 딸이 유대인 수용소로 끌려가 죽는 상황을 겪기도 했다. 그가 말년에 세운 개념 중 대표적인 것은 타나토스(Thanatos), 즉 죽음의 본능이다. 프로이트는 살고자 하는 본능을 에로스(Eros)로 보고, 이러한 성적 에너지의 흐름에서 인간을 읽어내려 했으나, 자신의 말년에 이르러서는 인간의 가장 어두운 부분, 즉 죽음의 본능을 응시하기 시작했다.

프로이트는 남자는 일생에 세 명의 여성을 만난다고 말한다. 그 세 명의 여성은 나를 낳아준 생육자로서의 어머니, 나의 배우자가 된 동반자로서의 여성, 그리고 나를 죽음의 세계로 이끄는 죽음의 여신이다. 프로이트는 이 세 여성 중에서 우리를 편안한 죽음의 세계로 안내하는 운명의 여신 노른(Norn)을 가장 본질적인 여성상으로 보고 있다. 프로이트가 거론한 세 명의 여성은 힌두 신화에 등장하는 세 여신 브라흐마(창조), 비슈누(유지), 쉬바(파괴)와도 통한다.

> 여기서 해석된 것은 남자가 여인과 맺게 되는 피할 수 없는 세 가지 관계라고 말할 수 있을 것이다. 생육자, 동반자 그리고 파괴자가 세 여인의 이미지이다. 혹은 이 세 이미지는 남자의 일생을 줄곧 관류해 흐르는 어머니의 이미지일 것이다. 최초에 어머니가 있었고, 이 어머니의 이미지에 맞추어 그는 사랑하는 여인을 선택했고, 마지막으로 그를 자신의 품속으로 다시 끌어들이는 대지(大地)라고 하는 어머니가 그를 기다리고 있다. 늙은 사내가 이전에 어머니에게 받았던 사랑을 다시 한번 그대로 손에 넣으려 해도 소용없는 일이다. 오직 운명의 세 여인 중 세번째 여인만이, 이 침묵하는 죽음의

여신만이 그를 품속에 안아 들일 것이다.*

우리는 '낮잠' 속에서 그 편안한 죽음의 일부를 경험한다. 그 편안한 죽음의 세계에서는 후회의 감정마저도 허사라는 것. 소월은 이 시 「추회」에서 프로이트가 발견한 그 세계를 중얼거리고 있다.

* 프로이트, 정장진 역, 「세 상자의 모티브」, 『창조적인 작가와 몽상』, 열린책들, 1996, 78쪽.

114_ 無信

그대가 돌이켜 물을 줄도 내가 아노라,
“무엇이 無信함이 있더냐?” 하고,
그러나 무엇하랴 오늘날은
야속히도 당장에 우리 눈으로
볼 수 없는 그것을, 물과 같이
흘러가서 없어진 맘이라고 하면.

검은 구름은 멧기슭에서 어정거리며,
애처롭게도 우는 山의 사슴이
내 품에 속속들이 붙안기는 듯.
그러나 밀물도 쎄이고 밤은 어두워
닷주었던 자리는 알 길이 없어라.
市井의 흥정 일은
外上으로 주고받기도 하건마는.

세상사는 명백하며, 때로는 외상으로 거래를 하기도 한다. 그렇다면 시적 주체가 중얼거리고 있는 ‘무신(無信)’의 세계는 어떠한가. 그곳은 명백한 곳이 아니며, 외상 거래가 불가능한, 결정적이고 운명적인 곳이다.

밤은 어둡고 밀물이 거칠어 닻을 내린 곳조차 찾을 수 없는 그 세상에서 우리는 우리 눈으로 볼 수 없는 그것, 물처럼 흘러가서 없어져버릴 그것을 생각한다. 그것이 죽음이지 않은가.

115_ 꿈길

물구슬의 봄 새벽 아득한 길
하늘이며 들 사이에 넓은 숲
젖은 香氣 불긋한 잎 위의 길
실그물의 바람 비쳐 젖은 숲
나는 걸어가노라 이러한 길
밤저녁의 그늘진 그대의 꿈
흔들리는 다리 위 무지개 길
바람조차 가을 봄 거츠는 꿈

'나'는 꿈길을 걷고 있다. 그 길은 매우 환상적인 아름다움의 세계인 것처럼 보이지만, 위험하게 흔들리는 다리 위의 길이자, 형체 없는 무지개의 길이다.

무지개 길은 육신의 무거움을 버리고서야 걸을 수 있는 길. '바람조차' 그 길을 갈 수 있다고 말하지만, 사실은 '바람만이' 그 길을 갈 수 있는 것. '나'는 생사의 구별을 넘어서서 그 길을 가고자 하는 것이니, 그 길은 매우 위험할 수밖에 없다.

116_ 사노라면 사람은 죽는 것을

하루에도 몇 番씩 내 생각은
내가 무엇하려고 살려는지?
모르고 살았노라, 그럴 말로
그러나 흐르는 저 냇물이
흘러가서 바다로 든댈진댄.
일로조차 그러면, 이내 몸은
애쓴다고는 말부터 잊으리라.
사노라면 사람은 죽는 것을
그러나, 다시 내 몸,
봄빛의 불붙는 사태흙에
집 짓는 저 개아미
나도 살려 하노라, 그와 같이
사는 날 그날까지
살음에 즐거워서,
사는 것이 사람의 본뜻이면
오오 그러면 내 몸에는
다시는 애쓸 일도 더 없어라
사노라면 사람은 죽는 것을.

"사노라면 사람은 죽는 것을"이라고 두 번이나 중얼거리고 있다.

그러나 흐르는 냇물이 바다에 이르듯, 우리는 어쨌든 이 세상을 살아가야 한다. 삶이 이토록 당연한 것이라면, 우리는 더 이상 애쓸 필요조차 없다. 그냥 살아가는 것이기 때문이다.

너무도 당연한 섭리를 되풀이하는 이 시에서도 중심은 죽음에 있다. 인생의 끝에는 죽음이 있다는 것. 죽음을 인식한다는 것이 오히려 현재의 삶을 충만하게 할 수도 있는 것이다.

117_ 하다못해 죽어달내가 옳나

아주 나는 바랄 것 더 없노라
빛이랴 허공이랴,
소리만 남은 내 노래를
바람에나 띄워서 보낼 밖에.
하다못해 죽어달내가 옳나
좀더 높은 데서나 보았으면!

한세상 다 살아도
살은 뒤 없을 것을,
내가 다 아노라 지금까지
살아서 이만큼 자랐으니.
예전에 지내본 모든 일을
살았다고 이를 수 있을진댄!

물가의 닳아져 널린 굴 꺼풀에
붉은 가시덤불 뻗어 늙고
어둑어둑 저문 날을
비바람에 울지는 돌무더기
하다못해 죽어달내가 옳나
밤의 고요한 때라도 지켰으면!

제목인 "하다못해 죽어달내가 옳나"를 해석하기 힘들다. 필자의 해석으로는 '살아달라'는 부탁이 성립된다면, '죽어달라'는 부탁도 성립될 수 있다. 다시 말해 어떤 사람에게 '열심히 살아달라'고 부탁할 수 있다면, 어떤 사람에게는 '차라리 죽어달라'고 부탁할 수도 있다는 것.

삶의 끝은 어차피 죽음이니 '나'는 더 이상 바랄 게 없다는 것, 누구의 부탁대로 차라리 죽어서 좀더 높은 곳에 이르고 싶다는 것, 밤의 고요한 한때를 지키고 싶다는 것.

필자의 해석이 그럴듯하다면, 또 하나의 문제가 남는다. 그렇다면 '나'로 하여금 차라리 '죽어달라'고 부탁하는 사람은 누구일까. 지금은 '나'의 곁에 없는 망자라고 답하고 싶은 유혹을 느낀다.

118_ 希望

날은 저물고 눈이 나려라
낯설은 물가으로 내가 왔을 때.
山속의 올빼미 울고 울며
떨어진 잎들은 눈 아래로 깔려라

아아 肅殺스러운* 風景이여
知慧의 눈물을 내가 얻을 때!
이제금 알기는 알았건마는!
이 세상 모든 것을
한갓 아름다운 눈어림의
그림자뿐인 줄을.

이울어 香氣 깊은 가을밤에
우무주러진 나무 그림자
바람과 비가 우는 落葉 위에.

지혜의 눈물을 흘리며 '나'가 깨달은 것은 이 세상의 모든 것이 아름다움이 아니라 아름다움의 '그림자'에 불과하다는 것. 날은 저

* 원문에서는 蕭殺로 되어 있으나, 싸늘한 가을 기운을 뜻하는 숙살지기(肅殺之氣)를 의미하는 듯.

물고 눈이 내리는 늦가을의 소슬한 풍경 속에서 깨달은 이 감정은 전혀 희망적인 것이 아니다. 그런데 제목은 '희망'이다.

이러한 언어적 아이러니는, 삶은 아름다운 것이라야 한다는 '희망'을 가졌던 과거의 기억에서 벗어난 시점에 '나'가 서 있음을 전제로 한다. 과거의 온갖 희망이 사라진 시점에서, '나'는 지금 이 자리에 없는 '희망'을 반추하는 것이리라.

119_ 展望

부엿한 하늘, 날도 채 밝지 않았는데,
흰눈이 우멍구멍 쌔운 새벽,
저 남便 물가 위에
이상한 구름은 層層臺 떠올라라.

마을 아기는
무리지어 書齋로 올라들 가고,
시집살이하는 젊은이들은
가끔가끔 우물길 나들어라.

蕭索한 欄干 위를 거닐으며
내가 볼 때 온 아침, 내 가슴의,
좁혀 옮긴 그림張이 한 옆을,
한갓 더운 눈물로 어룽지게.

어깨 위에 銃 매인 사냥바치
半白의 머리털에 바람 불며
한 번 달음박질. 올 길 다 왔어라.
흰눈이 滿山遍野 쌔운 아침.

"좁혀 옮긴 그림張이 한 옆을"을 해석할 수 없다(원문에는 "좁펴 옮긴 그림張이 한녑풀"로 되어 있다). '그림張이'를 그림을 그리는 화가의 오기(誤記) 정도로 읽어본다면, 공부하러 물 길러 사냥하러 다니는 분주한 사람들의 일상을 그려놓은 그림이 있고(그래서 시 제목이 '전망'이다), '나'는 그 그림의 바깥에서 한갓 더운 눈물을 흘리고 있을 따름이다.

마을의 건강한 노동에서 소외된 '나'는 그들이 보고 있는 만산편야(滿山遍野)의 흰 눈을 주목하지 않는다. '나'의 시선은 오히려 이상한 구름이 몰려오는 남쪽의 하늘을 향하고 있다. 마을 사람들의 '전망'과 '나'의 전망은 아예 다른 것이다. 거기에 이 시의 슬픔이 있다.

120_ 나는 세상 모르고 살았노라

"가고 오지 못한다" 하는 말을
철없던 내 귀로 들었노라.
萬壽山 올라서서
옛날에 갈라선 그 내 님도
오늘날 뵈올 수 있었으면

나는 세상 모르고 살았노라,
苦樂에 겨운 입술로는
같은 말도 조금 더 怜悧하게
말하게도 지금은 되었건만.
오히려 세상 모르고 살았으면!

"돌아서면 무심타"고 하는 말이
그 무슨 뜻인 줄을 알았으랴.
啼昔山 붙는 불은 옛날에 갈라선 그 내 님의
무덤엣풀이라도 태웠으면!

이 시의 제석산(啼昔山)은 소월의 고향에 있는 산으로 추정하기도 한다. 그러나 제석산은 제석천 신앙과 관련이 있는 제석산(帝釋山)으로 보는 편이 자연스럽게 보인다. 제석천은 수미산 정상에 있는 도리천의 선견성에 살며 사천왕을 통솔하는 것으로 알려져 있는데, 한국에서는 무당이 모시는 중요한 신 중의 하나로 자리 잡았다.

"가고 오지 못한다"는 그곳은 저승일 것이다. 그렇다면 "돌아서면 무심타"는 그곳은 이승이다. '나'는 이승에서 세상 모르고 무심하게 살고 있는 것이다.

이 시는 현재 「배철수의 음악캠프」를 진행하고 있는 배철수가 리드싱어로 활약하던 1979년 송골매 1집에 「세상 모르고 살았노라」라는 노래로 실려 굉장한 인기를 얻었다. 2연의 내용만 조금 바뀌었을 뿐, 이 시의 대부분은 그대로 담겨 있다(바뀐 부분을 대조하기 위해 이 노래의 1절을 옮겨보면 다음과 같다).

가고 오지 못한다는 말을
철없던 시절에 들었노라
만수산을 떠나간 그 내 님을
오늘날 만날 수 있다면

고락에 겨운 내 입술로
모든 얘기 할 수도 있지만
나는 세상 모르고 살았노라
나는 세상 모르고 살았노라

지난 이야기지만, 송골매의 2연 각색도 절묘하다. 인생의 고락에 지친 '내 입술'은 같은 말도 조금 영리하게 말하게끔 변하였지만, 어쨌든 나는 이승도 저승도 모르고 살고 있는 것이다.

무덤을 바라보며

무덤은 죽은 자의 안식처라야 한다. 더 이상 죽은 자들이 귀신이 되어 허공을 떠돌아서는 아니 된다. 죽은 자가 무덤에 머물 때 시적 화자는 비로소 정상적인 삶의 영역으로 복귀할 수 있는 것이다.

시적 화자는 이제 귀신들을 그들의 편안한 안식처로 되돌려보내고자 한다. 무덤 하나하나를 가리키며 여기가 바로 당신들이 있어야 하는 곳이라고 되새길 때, 시적 화자는 이내 이승의 세계로 돌아올 준비를 끝내는 셈이다.

121_ 金잔디

잔디,
잔디,
금잔디,
深深山川에 붙는 불은
가신 님 무덤가에 금잔디
봄이 왔네, 봄빛이 왔네
버드나무 끝에도 실가지에.
봄빛이 왔네, 봄날이 왔네
深深山川에도 금잔디에.

차가운 겨울이 지나고 단단한 땅이 녹기 시작하자, 버드나무의 실가지에 먼저 봄이 온다. 물을 좋아하는 버드나무는 왕성한 생명력과 풍성한 가지로 인해 봄의 전령사가 되기에 충분하리라.

봄은 대번에 무덤가로 번진다. 무덤가의 금잔디에 찾아오는 봄의 정령은 마치 타오르는 불과도 같다. 심심산천에 봄의 불바다가 온 것이다.

봄의 흥겨움을 보여주는 금잔디는 '가신 님의 무덤'에 피어 있는 까닭에 더욱 비극적이다. 봄은 왔지만, 님은 영원히 이승의 세계에 없는 것이다.

122_ 江村

날 저물고 돋는 달에

흰 물은 솰솰……

금모래 반짝…….

靑노새 몰고 가는 郎君!

여기는 江村

江村에 내 몸은 홀로 사네.

말하자면, 나도 나도

늦은 봄 오늘이 다 盡토록

百年妻眷을 울고 가네.

길쎄 저믄 나는 선배,

당신은 江村에 홀로된 몸.

처권(妻眷)은 아내와 친족을 통틀어 이르는 말로 주로 처가 쪽의 친척을 지칭하는 표현으로 사용된다. 그런데 이 시에서 '나'와 '당신'의 관계가 참 모호하다. 내 몸은 강촌에 홀로 산다고 해놓고, 나중에는 당신은 강촌에 홀로 된 몸이라 한다. '낭군'과 '처권'의 사정도 모호하긴 마찬가지다. 해석이 어렵기로는 "길쎄 저믄 나는 선배"도 마찬가지다.

어쨌든 '낭군'은 청노새를 타고 밤길을 떠났고, '나'는 강촌에 홀로 사는 듯하며, 오래된 처가 친척들과도 이별을 한 듯하다.

"길쎄 저믄 나는 선배"를 길이 저물어 어두운 곳을 지나는 선비라고 본다면, '선배(선비)'가 바로 낭군일 것이며, '나'는 강촌에 홀로 남은 몸일 것이다.

그렇다면 마지막 행에서 왜 '나는 강촌에 홀로 된 몸'이라고 쓰지 않았는가만 해명하면 된다. 이 지점에서 '나'는 '당신'으로 타자화된 것은 아닐까. '나'는 강촌에 막막하게 던져진 어떤 사물에 지나지 않는다. 그런 '나'를 누군가는 '당신'이라고 불러도 되지 않을까.

123_ 첫치마

봄은 가나니 저문 날에,
꽃은 지나니 저문 봄에,
속없이 우나니, 지는 꽃을,
속없이 느끼나니 가는 봄을.
꽃 지고 잎 진 가지를 잡고
미친 듯 우나니, 집난이는
해 다 지고 저문 봄에
허리에도 감은 첫치마를
눈물로 함빡이 쥐어짜며
속없이 우누나 지는 꽃을,
속없이 느끼누나, 가는 봄을.

북한 지역에서는 시집간 딸을 '집난이'라 한다. 출가외인(出嫁外人)이라는 뜻일 것이다. 시집간 딸이 봄이 가고 꽃이 지는 것을 바라보며 눈물을 적신다.

'첫치마'는 바로 청상과부(靑孀寡婦)의 연상을 불러일으킨다. 그렇기에 슬픔이 더욱 커졌을 게 아닌가.

124_ 달맞이

正月 대보름날 달맞이,
달맞이 달마중을, 가자고!
새라새 옷은 갈아입고도
가슴엔 묵은 설움 그대로,
달맞이 달마중을, 가자고!
달마중 가자고 이웃집들!
山 위에 水面에 달 솟을 때,
돌아들 가자고, 이웃집들!
모작별 삼성이 떨어질 때.
달맞이 달마중을 가자고!
다니던 옛동무 무덤가에
正月 대보름날 달맞이!

'모작별'은 금성의 방언이다. 정월 대보름에 달마중을 가는 흥겨운 마당인데, 뒷부분을 보면 "옛동무 무덤가"를 찾아가고 있다.

대보름은 농가의 가장 큰 명절이다. 그런데 그런 잔치 마당에 옛 동무의 무덤가를 찾아가는 상황 자체가 괴기스럽다. 이처럼 소월 시에서는 죽음이 도처에 깔려 있다.

125_ 엄마야 누나야

엄마야 누나야 江邊 살자,
뜰에는 반짝는 金모랫빛,
뒷門 밖에는 갈잎의 노래
엄마야 누나야 江邊 살자.

본고의 논의에 앞서 우선 「엄마야 누나야」에 대한 기존의 논의를 살펴볼 필요가 있다. 기존의 논의들은 이 시에 드러난 슬픔과 죽음의 그림자를 직시하지 못한 채, 표면에 흐르는 정서인 희망과 건강성만을 주목한다. 예컨대 한 논자는 "(이 시에-인용자) 표현된 삶의 소망은 밝고 건강하다. 이 4행의 소곡은 소박하면서도 적절하게 시인의 소망을 담고 있다. 전경에 드러난 밝고 빛나는 것들의 인식은 후경의 갈잎의 노래와 적절히 교감하면서 긍정적인 삶의 소망을 노래하고 있다. 삶의 긍정적 인식이 빛남과 흔들림에 의하여 조화되어 어울리며, 밝게 표현된다. 이와 더불어 「바라건대는 우리에게 우리의 보섭 대일 땅이 있었더면」, 「상쾌한 아침」, 「밭고랑 위에서」 등과 같은 시들은 땀 흘리고 일하며 사는 건실한 삶의 기쁨과 열망을 싱싱하고 건강하게 담고 있다"*라고 평가하고 있는데, 이러한 해석은 이 시에 감추어진 진정한 '그림자'를 놓

* 최동호, 「김소월 시와 파멸의 현재성」, 최동호 책임편집, 『진달래꽃(외)』, (주)범우, 2005. 440쪽.

치고 있는 것으로 보인다.

시집 『진달래꽃』에서 죽음의 그림자를 주목하는 필자의 견해로는, 망자에 해당하는 '엄마'와 '누나'는 시적 화자의 진혼(鎭魂)을 받아들이고 이제 죽은 자들의 세계로 발길을 돌린 듯하다. 이제 시적 화자는 이승으로, '엄마'와 '누나'는 저승으로 복귀하게 되는 것이다.

그러나 힘없이 돌아서는 망자들에게 시적 화자는 다시 한번 애잔한 위로를 전한다. 이제 '나'마저 죽어 저승에 있는 당신들의 품으로 돌아간다면, 그때는 우리 함께 금모래가 반짝이는 강변에 가서 살자는 것이다(시적 화자의 진심을 받아들인다면, 저승에도 "금모래가 반짝이는 강변"이 있을 수 있다). 얼핏 읽으면 가족과 평화로운 삶을 누리는 전원 예찬의 시처럼 보이지만, 이 시의 정조에 설명하기 힘든 슬픔이 깔려 있는 이유는 여기에 있다.

이 시의 슬픔과 귀기(鬼氣)를 이해한다면, 새벽이 와서 닭이 울고 귀신이 물러가는 모습을 그린 이 시집의 마지막 시 「닭은 꼬꾸요」도 자연스럽게 받아들일 수 있을 것이다.

새벽닭 울음과 함께 사라지는 귀신들

시집 『진달래꽃』은 16개의 장(章)으로 나누어져 있다. 그런데 단 한 편의 시만으로 장이 구성된 부분이 두 곳 있다. 12부의 「여수」와 16부의 「닭은 꼬꾸요」가 그것이다.

필자는 「여수」를 해설하는 대목에서 죽은 자와 산 자의 경계를 넘어서서 그들과의 위험한 만남을 가졌던 무당으로서의 '나'가 점차 정신을 차리고 죽은 자들의 세계에서 빠져나와 이승으로 돌아오는 단계의 시임을 강조한 바 있다. 그들이 이미 죽은 시신에 불과하다는 점을 묵묵히 바라보는 '나그네'의 심정이 바로 시 「여수」였던 것이다.

16부의 시 「닭은 꼬꾸요」야말로 새벽닭이 울고 귀신이 완전히 물러가는 시점을 포착한 시이다. 그러기에 이 한 편으로 족했던 게 아닐까.

126_ 닭은 꼬꾸요

닭은 꼬꾸요, 꼬꾸요 울 제,
헛잡으니 두 팔은 밀려났네.
애도 타리만치 기나긴 밤은……
꿈 깨친 뒤엔 감도록 잠 아니 오네.

위에는 青草언덕, 곳은 깁섬,
엇저녁 대인 南浦 뱃간.
몸을 잡고 뒤재며 누웠으면
솜솜하게도 감도록 그리워오네.

아무리 보아도
밝은 燈불, 어스렷한데.
감으면 눈 속엔 흰 모래밭,
모래에 어린 안개는 물 위에 슬 제

大同江 뱃나루에 해 돋아오네.

시적 화자는 아주 오랫동안 꿈을 꾸고 있었다. 그는 꿈속에서 산 자의 세상에서는 만날 수 없는 많은 사람들을 만났다. 그러나 닭이 울고 귀신들은 물러난다. 닭 우는 소리가 들리자 자신이 붙잡고 있었던 게 귀신이었고 허상이었음을 깨닫게 된다. 그러나 그 기억은 너무도 뚜렷하다(솜솜하다).

새벽닭이 울면 밤이 물러나고 밝음이 돌아온다. 우리나라 귀신 이야기의 대부분은 새벽닭이 울면서 이야기가 끝난다. 아침이 되면 몽달귀신에 시달리던 주인공이 안고 있던 것이 귀신이 아니라 그저 평범한 빗자루에 지나지 않는다는 것을 깨닫는 것이다. 닭 울음소리는 밤과 아침의 경계인 동시에, 망자와 귀신들로부터 현실로 돌아오는 경계점이기도 하다.

『진달래꽃』의 시적 화자는 이 시집의 앞부분에서 귀신들을 초청하였고, 시집의 중간 부분에서는 내내 귀신들에게 시달렸다. 이제 시적 화자는 꿈에서 깨어나 살아 있는 자들의 세계로 돌아와야 하는 것이다. 꿈에서 깨어나자 대동강 뱃나루에는 장엄하게 해가 돋아 오른다. 새로운 문명이, 새로운 삶이 시작되는 것이다.

3장

결론 및 보론

김소월 시집 『진달래꽃』에 담겨 있는 슬픔, 고통, 죽음의 의미는 무엇인가. 이러한 고통의 체험을 통해 우리가 얻는 것은 무엇인가. 결론 부분에서는 이에 대해 언급하고자 한다. 김소월 시집 『진달래꽃』에 대한 짤막한 결론에 이어 오태석의 연극 한 편과 김승옥의 시나리오 한 편을 부가적으로 다루었다. 보론의 형식으로 쓴 이 글들은 오태석의 연극 「태」를 통해 '상처 입은 화자'가 어떻게 이야기의 주인공이 될 수 있는가를 다루었고, 김승옥의 시나리오 「안개」를 통해 '상징적인 죽음'이 삶에 안겨주는 재충전, 재탄생의 의미를 다루었다. 죽음은 인생의 끝이지만, 한편으로는 죽음의 허망함으로 인해 삶은 더욱 의미 있는 것이 될 수 있다. 고통과 죽음의 경험을 통해 삶이 오히려 풍요로워진다고 할 때, 우리는 이들 두 작품이 보여주는 죽음과 삶의 문제가 『진달래꽃』이 보여주고자 하는 삶의 세계와 겹쳐짐을 발견할 수 있을 것이다.

죽음을 사유하기:
시집 『진달래꽃』의 경우

1. 구스타프 융의 그림자

플라톤의 『향연』에 의하면, 인간이 신들보다 열등해진 까닭은 남성과 여성으로 분할되었기 때문이다. 남녀로 분할된 이래 인간은 신들보다 팔다리가 적어 빨리 달릴 수 없게 되었고, 두 눈은 한쪽 방향만 보게 되었다. 또한 늘 '잃어버린 반쪽'을 찾아 헤매는 불완전한 존재로 전락해버렸다.*

'잃어버린 반쪽'은 남녀 간의 사랑에서만 발견되는 것은 아니다. 구스타프 융에 의하면, 인간은 밝음(light)과 어둠(dark)의 총합으로 존재한다. 밝음이 인간의 전부인 듯하지만, 인간에 내재한 '어둠'을 파악하는 일이 중요한바, 융은 이를 '그림자(shadow)'라고 칭했다. 그림자는 무의식의 열등한 인격이다. 그것은 나, 자아의 어두운 면이며 자아로부터 배척되어 무의식에 억압된 성격 측

* 플라톤, 천병희 역, 『소크라테스의 변론, 크리톤, 파이돈, 향연』, 숲, 2012, 265쪽.

면이다. 그래서 그림자는 자아와 비슷하면서도 자아와는 대조되는, 자아가 싫어하는 열등한 성격이라는 것이다. 융은 '그림자' 논의를 통해서 '우리 마음속의 어두운 반려자'인 그림자를 인식하는 것이야말로 본연의 자기를 실현하는 첫걸음이라는 점을 강조한다.*

한국문학에서 그림자는 어떻게 출현하는가. 한국문학의 큰 흐름을 이루는 슬픔, 분노, 절망, 증오 등의 감정의 근원에는 융의 개념인 '그림자'가 깔려 있는 것으로 보인다.

2. 슬픔의 힘: 홍사용과 고타마 왕자

구한말에서 일제 강점기에 이르기까지의 한국문학에서 죽음은 너무도 흔한 주제였다. 곳곳에서 사람이 병들고 죽고 죽임을 당하고 자살했다. 국가 상실의 비극이 각 개인의 운명에 관여할 수밖에 없었을 것이니, 이러한 현실을 반영한 당대의 문학에 죽음의 검은 그림자가 드리워져 있음은 당연한 귀결이었을 것이다.

1920년대 동인지 『백조』는 이러한 검은 그림자의 정점에 있었다. 『백조』에는 절망, 탄식, 눈물의 정서가 가득 넘치고 있었으니, 문학사가들은 이러한 단계를 '병적인 낭만주의'라 칭한 바 있다.

그런데 시인들이 이러한 병적인 낭만주의에 빠지게 된 원인에 대한 문학사가들의 설명은 조금씩 다르다. 1919년에 일어난 3·1 운동의 실패가 청년 지식인들에게 절망감을 안겨주었고, 이러한

* 이부영, 『그림자』, 한길사, 1999, 41쪽.

절망이 병적, 소극적, 애상적 낭만주의의 원인이 되었다는 시각도 있고, 제1차 세계대전을 전후한 시기에 유럽을 휩쓴 세기말 사조, 데카당스, 악마적 유미주의 등이 결정적인 원인이 되었다는 시각도 있다.

어쨌든 이 시기의 병적 낭만주의를 보여줄 때 자주 인용되는 시가 있다. 노작 홍사용의 「나는 王이로소이다」(백조, 1923. 9)가 그것이다.

> 나는 왕이로소이다. 나는 왕이로소이다. 어머니의 가장 어여쁜 아들 나는 왕이로소이다. 가장 가난한 농군의 아들로서……
>
> 그러나 시왕전(十王殿)에서도 쫓기어난 눈물의 왕이로소이다.

이 시에서 '나'는 '가난한 농군의 아들'로 진술되지만, 사실은 '시왕전에서 쫓겨난 눈물의 왕'이다. 시왕전(十王殿)은 무엇인가. 사후 세계에서 인간들의 죄의 경중을 가리는 열 명의 심판관이 살고 있는 곳이 바로 시왕전이니, 이곳이야말로 죄를 진 죽은 자들이 독사에 몸이 감기고 끓는 물과 차가운 얼음에 담겨 고통받는 지옥 세계이지 않은가. 그런데 '나'는 이러한 지옥 세계에서도 쫓겨났다 하니, 그가 있는 곳은 과연 어디란 말이냐. 노작 홍사용은 이곳 이승에서의 삶을 저승의 세계만도 못한 곳이라고 말하고 있는 셈이니, 그가 줄곧 되뇌이는 '눈물'의 세계는 그저 '이승'의 삶에서 연유한다.

「나는 王이로소이다」의 뒷부분을 찬찬히 읽어가다 보면, '나'의 인생 행로가 석가모니의 일생과 겹쳐진다는 점을 점차 깨닫게 된다.

인도 북부에 위치한 카필라 왕국에서 왕자로 태어난 고타마(Gautama)는 어렸을 적부터 삶의 슬픔으로부터 격리되었다. 아들이 슬픔에 빠질 것을 염려한 왕은 여름, 겨울, 우기에 각각 살 수 있는 세 개의 궁전을 짓고 그곳에 고타마 왕자를 격리시켰다고 한다. 고타마는 그곳에서 세상의 슬픔과 격리된 채 수천의 여성들과 아름다운 음악에 둘러싸인 채 왕자로서의 삶을 살 수 있었다. 그러나 그는 이러한 삶의 즐거움과 쾌락에 눈을 돌리지 않고 왜 인간에게는 생로병사(生老病死)의 고통과 슬픔이 주어지는가에 관심을 둔다. 그는 마침내 그 왕궁에서 가출하고 보리수 아래에서 6년의 수행을 단행한다. 삶의 근원은 즐거움이 아니라 고통이라는 것.*

「나는 王이로소이다」에서 '눈물의 왕'은 노작 홍사용이자 카필라 왕국의 고타마 왕자였던 것.

> "맨 처음으로 내가 너에게 준 것이 무엇이냐" 이렇게 어머니께서 물으시면은
>
> "맨 처음으로 어머니께 받은 것은 사랑이었지오마는 그것은 눈물이더이다" 하겠나이다. 다른 것도 많지오마는……
>
> "맨 처음으로 네가 나에게 한 말이 무엇이냐" 이렇게 어머니께서 물으시면은
>
> "맨 처음으로 어머니께 드린 말씀은 '젖 주셔요' 하는 그 소리였지오마는 그것은 '으아—' 하는 울음이었나이다" 하겠나이다. 다른 말씀도 많지오마는……

---

* E. H. Gombrich, Caroline Mustill ed., *A Little History of the World*, Yale University Press, 2008, pp.51~56.

고타마 왕자는 왕궁 밖을 순회하던 중, 인간의 세 가지 고통인 늙음〔老〕, 병〔病〕, 죽음〔死〕에 차례로 직면한다. 「나는 王이로소이다」를 조금 더 읽어보자.

> 열한 살 먹든 해 정월 열나흗날 밤 맨재텀이로 그림자를 보러 갔을 때인데요. 명(命)이나 긴가 짧은가 보랴고.
>
> 왕의 동무 장난꾼 아이들이 심술스러웁게 놀리더이다. 모가지 없는 그림자라고요.
>
> 왕은 소리쳐 울었소이다. 어머니께서 들으시도록. 죽을까 겁이 나서요.

> 나무꾼의 산타령을 따라가다가 건너 산비탈로 지나가는 상두꾼의 구슬픈 노래를 처음 들었소이다.
>
> 그 길로 옹달우물로 가자면 지름길로 들어서면은 찔레나무 가시 덤풀에서 처량히 우는 한 마리 파랑새를 보았소이다.
>
> 그래 철없는 어린 왕 나는 동무라 하고 쫓아가다가 돌뿌리에 걸리어 넘어져서 무릎을 비비며 울었소이다.

정월 대보름날 자신의 소망을 빌고 운수를 점치기 위해 달구경을 나섰지만, '나'가 만난 것은 '모가지 없는 그림자'였던 것. 죽음이 두려워 울며 도망쳤지만 연거푸 만난 것은 죽은 자를 실어 나르는 상두꾼의 곡소리, 가시덤불에 걸려 찢긴 파랑새였던 것. 마침내 노작 홍사용은 "나는 눈물의 왕(王)!", "이 세상 어느 곳에든지 설움 있는 땅은 모두 왕(王)의 나라로소이다"라고 외치게 되는 것이다.

왜 인간은 삶의 고통에서 벗어날 수 없는 것일까. 이는 2,500년 전 고타마 왕자가 던졌고, 1920년대의 한국 문인들이 찾고자 했던 질문이었던 것. 노작 홍사용은 「나는 王이로소이다」를 통해 생로병사에 질문을 던지는 고타마 왕자의 출가기를 그린 셈이다.

3. 두려움, 슬픔에서 승화, 치유에 이르기까지

우리는 잃어버린 반쪽, 그림자에 대해 좀더 생각해볼 필요가 있다.

> "작은 엄마, 저 인제 슬픈 이야기가 더 좋아요."
> 하며 소월이가 먼저 입을 열었다.
> "너 울면 인제 이야기 안 한다."
> "아-뇨, 들려주세요. 나는 울어야 해요."
> 소월은 이야기 듣는 데만 그치지 않고 슬픔과 기쁨의 느낌을 크게 느낄 줄 아는 소년이 되었던 것이다. (……) 소월은 이때쯤부터 아버지의 불행과 비애를 느꼈던 것 같다. 차츰 자기는 아버지의 사랑을 받을 수 없는 몸이란 걸 알게 되었고, 집안의 슬픔이 아버지로 말미암아 벌어진다는 사실을 아는 지혜가 자라면서 마음의 슬픔도 같이 자랐던 것이다.*

어린 소월은 성장 과정에서 정신이상자가 된 부친, 세속적인 기대에만 연연하는 무식한 어머니, 시대적 이념을 외면하면서 소아

* 계희영, 위의 책, 114쪽.

적이고 전통적인 규범에만 얽어매려 하던 조부, 도덕적으로 책임질 수밖에 없었던 아내, 이미 기울기 시작한 가산과 궁핍한 생활, 무능한 자신에게 떠맡겨진 장손으로서의 책임, 그 무엇보다 일제 강점기의 암울한 시대 현실 속에서 '마음의 슬픔'을 키워나간 것으로 보인다.* 위의 회고가 얼마나 정확한지는 알 수 없지만, 소월의 숙모 계희영은 어린 소월에게 견우 직녀가 이별하는 장면을 들려주다가 소월의 '마음의 슬픔'을 감지해낸다.

슬픔을 안다는 것의 의미는 무엇인가. 물질적 풍요와 육체적 건강, 웰빙과 힐링의 사이비 담론이 넘치는 세상에서 굳이 슬픔을 되새김질해야 하는 이유는 과연 있는 것일까. 우리는 이를 위해 잠시 아리스토텔레스의 이론을 들춰볼 필요가 있다.

아리스토텔레스는 시체를 목격하는 것은 추하지만, 이를 재현하는 모방의 행위는 가치 있음을 두려움(fear), 동정(pity), 정화(catharsis)의 용어를 통해 설명한다.

> 예술적으로 일으켜진 동정과 두려움은 우리가 실생활에서 가져오는, 잠복해 있는 동정과 두려움 혹은 적어도 이것들 중에서 우리의 심적 안정을 흩트리는 요소들을 추방한다. 그 격정이 소진될 때 뒤따르는 상쾌한 심적 평정 속에서 정서적 치료가 이루어졌다.**

죽음을 목격하는 것은 '두려움'이지만, 이러한 죽음이 인간 모

---

* 오세영, 위의 책, 25~26쪽.

** S. H. Butcher, *Theory of Poetry and Fine Art with a Critical Text and Translation of the Poetics*, Dover Publications Inc., 1951, p.246(이경식, 『아리스토텔레스의 『시학』과 고전주의』, 서울대학교출판부, 1997에서 재인용).

두에게 적용된다는 깨달음의 끝에 도달하는 '동정'의 마음은 결국 '정화'라는 심적인 평정과 정서적 치료로 연결된다는 아리스토텔레스의 생각은 김소월이 그려내고자 한 슬픔, 죽음의 세계가 지닌 의미를 새삼 상기시킨다. 아리스토텔레스는 '정화'라는 심리적 기제가 우리의 심적 안정을 흩트리는 요소들을 추방할 수 있다고 주장하면서, 그 결과 얻을 수 있는 '정서적 치료'에 주목한다.

굳이 아리스토텔레스를 거론하지 않는다 하더라도, 시인은 한 사회에서 개인의 정서적 치료를 위한 의사의 역할을 담당하고 있다. 이는 무당이 오랫동안 무의(巫醫, medicine man)의 역할을 담당해온 것과 같은 이치로 볼 수 있다.*

4. 죽음을 기억하라

우리는 앞 장에서 김소월의 시집 『진달래꽃』을 아주 천천히 읽어보았다. 간략히 정리하자면, 그리운 님을 불러들이기 위한 앞부분의 시, 즉 영신의 시들은 거의 연시(戀詩)에 가깝다. 「먼 後日」로부터 시작되는 이 시들은 사랑을 노래한 시이기에 달콤하지만 애교에 치우쳐 있고, 따라서 때로는 유치하다.

그 뒤를 이은 접신의 세계는 매우 격렬하다. 굿마당에 호출된 귀신들은 저마다의 처절한 사연을 매우 직설적으로 토해내고 있다. 우리는 접신 과정에 비유할 수 있는 이 대목의 시들에서 김소

* "아리스토텔레스에 따르면, 거짓말이거나 아니거나 예술에는 어떤 가치가 있다. 왜냐하면 예술은 치료의 형태이기 때문이다."(수전 손택, 이민아 역, 『해석에 반대한다』, 이후, 2002, 20쪽)

월의 시가 단순히 여성적인 비애와 한의 정서만으로 점철되어 있지 않다는 점을 확인할 수 있으며, 죽은 자들과 죽은 자들이 사는 곳에 대한 시적 화자의 실감이 곧바로 일제 치하 조선의 현실에 대한 직시와 연결되고 있음을 본다. 이 시들은 1920년대 한국사회의 현실을 그대로 드러내는 리얼리즘의 시가 되기도 하고, 죽은 자의 목소리를 그대로 토해내는 무서운 시들이 되기도 한다. 이 시들의 절정에 「초혼」이 있거니와, 김윤식의 지적에 따르면, 그 세계는 격렬하지만 위험하다. 절제가 없는 감정은 '자연'일 수 있으나 제도화되고 형식화된 '문명'은 아닌 것이다.

김소월 시의 가장 좋은 부분은 역시 후반부에 해당하는, 송신 단계의 시들에 집중되어 있다. 13부의 「개여울의 노래」, 「길」, 「개여울」, 「가는 길」, 「왕십리」, 「산」, 「진달래꽃」, 「삭주구성」, 「접동새」, 「산유화」, 14부의 「나는 세상 모르고 살았노라」, 15부의 「금잔디」, 「엄마야 누나야」 등이 그것들이다. 왜 그런가. 시적 화자가 죽은 자를 돌려보내고 산 자의 균형 감각을 회복하고 있기 때문일 것이다. 아무리 「초혼」이 절창이라 하나, 「초혼」의 위태로움은 시의 영역에서 벗어난 것이기 때문이다.

무릇 죽음은 인생의 가장 중요한 사건이기에 가장 종교적이고 철학적인 소재로 남을 수밖에 없다. 근대 생물학과 의학의 발달로 인해 이른바 막스 베버의 '세계의 탈주술화'가 진행되고 있는 이 시점에도 죽음은 여전히 가장 근원적인 문제로 남는다.*

문학의 경우에도 이는 마찬가지다. 『진달래꽃』의 가장 좋은 부분은 이 시집에 실린 시들 전체가 죽음의 그림자를 깔고 있다는

---

* 노베르트 엘리아스, 김수정 역, 『죽어가는 자의 고독』, 문학동네, 1998, 98쪽.

점, 그리고 삶 속에서 늘 죽음을 받아들이는 자세는 그 자체로 하나의 종교이자 위안이라는 점, 삶과 죽음의 경계를 넘어서서 영원한 시간과 공간 속을 여행하는 샤먼의 모습은 원시 종교로서의 샤머니즘 때문에 값진 것이 아니라 죽음을 사유하며 살아가는 모든 사람들의 정서이기에 값진 것이라는 점을 잘 보여주고 있기 때문이다. 죽음을 곁에 두고 살아갈 수 있었던 소월은 어찌 보면, 가장 충만하고 철학적인 삶을 살았다고 볼 수 있다. 이는 독자에게도 마찬가지다.

죽음을 기억하라(memento mori). 이는 서양 기독교 문명이 기억하고 있는 문화와 예술의 기본 명제이다. 우리는 김소월 시를 읽으면서 죽음이 희화화되고 경시되는, 그리하여 삶의 의미마저도 희화화되는 현대인들의 삶과 비교하게 된다. 우리는 과연 풍요사회 속에서 살고 있는 것일까. 풍요의 진정한 의미는 무엇일까. 우리에게 가난, 결핍, 전쟁, 죽음은 이제 잊혀도 되는가. 생명이 OVER되어도 RESET 하나로 다시 시작되는 컴퓨터 게임의 세상에 우리는 너무도 익숙해진 것은 아닐까.

김소월의 시집 『진달래꽃』은 90년의 긴 시간을 뛰어넘어, 우리들에게 죽기에도 힘든 세상, 살기에도 힘든 세상의 처참과 이로 인한 인간의 고뇌를 보여준다. 우리가 죽음, 가난, 질병, 고통의 편에 서 있는 그의 시를 잊을 수 없는 이유가 여기에 있다.

질병의 왕국:
오태석 연극 「태」를 중심으로

1. 상처 입은 화자

> 질병은 삶을 따라다니는 그늘, 삶이 건네준 성가신 선물이다. 사람들은 모두 건강의 왕국과 질병의 왕국, 이 두 왕국의 시민권을 갖고 태어나는 법. 아무리 좋은 쪽의 여권만을 사용하고 싶을지라도, 결국 우리는 한 명 한 명 차례대로, 우리가 다른 영역의 시민이기도 하다는 점을 곧 깨달을 수밖에 없다.*

미국의 여류 문학평론가 수전 손택은 자신이 암에 걸린 이후에야, 비로소 정상인과는 다른 방식으로 암에 대해 이해하게 되고, 암에 대해 서술하게 되었다고 고백한 바 있다. 자신이 '건강의 왕국'에서 '질병의 왕국'으로 추방되었을 때, 그녀는 비로소 질병의 고통에 대해 말할 수 있게 된 셈인데, 이것은 '건강의 왕국'에서는

* 수전 손택, 이지원 역, 『은유로서의 질병』, 이후, 2002. 15쪽.

결코 알 수 없는, 말할 수조차 없는 '질병의 왕국'만의 스토리였다는 것이다.

암 환자가 된 이후에 손택이 구성해낸 '암의 스토리'는 암을 경험하지 못한 정상인의 시각으로서는 발화될 수 없는, 전혀 다른 방식으로 낯설게 구성된 스토리가 된다. 그녀는 결핵, 한센병, 암, 에이즈 등의 질병이 질병 자체로 발화되지 않고, 일종의 '은유'로서 발화되고 있음을 깨닫는다. 정상인들은 이들 질병을 질병 자체로 보지 않고, 패륜, 부도덕, 부정 등의 은유적인 형태로 왜곡하고 이해한다는 것이다. 마침내 수전 손택은 질병을 가진 자만이 그 질병의 실체에 대해 말할 수 있다는 결론을 내린다.

우리는 늘 상처를 가지고 있다. 그 상처는 아주 작은 것일 수도 있고, 생존을 위협할 만큼 심각한 것일 수도 있다. 또한 그 상처는 육체적인 것에 기인할 수도 있고, 심리적인 것에 기인할 수도 있다. 중요한 점은 작가들이야말로 이러한 상처를 가진 존재들이라는 점이다. 작가들은 자신의 상처를 밑천으로 삼아 글을 쓴다. 상처가 없다면 작가도, 스토리도 없는 것이다. 이는 작가가 아닌 일반인에게도 마찬가지일 수 있다. 우리는 그 상처를 일기에 적기도 하고, 블로그에 올릴 수도 있다. 상처가 없다면 이야기도 존재하지 않는다는 것, 이를 잘 보여주는 것이 아서 프랭크의 '상처 입은 화자(wounded storyteller)'의 개념이다.*

이야기가 상처를 매개로 하여 전달된다는 '상처 입은 화자'의 형상은 오랜 연원을 가지고 있다. 예컨대, 외디푸스가 누구의 아들인지에 대한 진실을 알고 있는 테레시아스(Tiresias)는 눈멂의

* Arthur W. Frank, *The Wounded Storyteller - Body, Illness and Ethics*, The University of Chicago Press, 1995, pp.1~26.

상처를 가지고 있으며, 그의 눈멂이 오히려 그에게 진실된 서사로서의 권위와 힘을 부여해준다. 성서에 등장하는 야곱 장로가 천사와 몸싸움을 하면서 환도뼈에 입은 상처는 그것 자체가 이야기의 일부인 동시에, 그가 말한 이야기가 진실임을 입증하는 뚜렷한 증거가 된다.

이처럼 환자는 상처를 통해서 자신을 이야기한다. 그러므로 화자의 상처는 이야기의 주제이자, 이야기가 생성되는 조건이기도 하다. 스토리텔러의 이야기는 상처에 '관한' 것만이 아니라, 상처를 '통해서' 전달되는 것이다. 환자의 이야기는 상처 입은 육체를 통해서 실현되며, 질병은 예전의 이야기를 파괴하면서 새로운 이야기를 꾸며내도록 한다. 이처럼 상처 입은 화자는 새로운 이야기의 원인이자 주제이며 도구인 셈인데, 환자의 육체는 병의 고통을 통해서 예전의 육체에서 소외되고, 이러한 과정을 통해 환자이자 스토리텔러는 예전의 경험들을 낯설게 재구성(make strange)함으로써 스스로 치유의 주체가 된다는 것이다.

프랭크는 이 책에서 환자를 질병의 희생자로 보는 수동적인 관점에서 벗어나 치유의 주체라는 적극적인 관점을 제시하는데, 그에 따르면, 환자는 질병을 이야기로 바꾸고, 외부로부터 주어진 운명을 자신의 경험으로 바꾸는 존재라는 것이다. 그에 따르면 '상처 입은 화자'만이 '상처 입은 치유자(wounded healer)'가 된다는 것이다.

우리는 여태 '상처 입은 화자'로서의 시인 김소월이 자신의 고통과 상처를 직시하고 이를 극복하기 위해 고투하는 모습을 읽어왔다. 여기에서는 오태석의 연극 「태」(1973)를 중심으로 '상처'가

'치유'로 변해가는 과정에 대해서만 살펴보고자 한다.*

2. 「태」: 세조의 악몽과 자기 치유의 가능성

오태석의 「태(胎)」는 안민수 연출로 1973년 9월 드라마센터 극단에 의하여 초연된 작품이다. 이 작품은 단종의 폐위와 세조의 즉위, 단종과 사육신의 죽음 등 역사적 사실이 극의 줄거리를 이루나, 작품의 결말은 삼족을 멸하는 끔찍한 살육의 한복판에서 세조의 용서에 의해 사육신인 박팽년 집안의 한 아이가 살아남는 이야기에 맞춰져 있다.

간단하진 않지만, 「태」의 줄거리를 요약해보기로 한다. 단종을 폐위하고 왕위에 오른 세조는 결국 사육신을 족멸할 수밖에 없는 처지에 놓인다. 박중림(박팽년의 부)과 손부(박팽년의 며느리)는 세조를 찾아가 아이를 낳게 해달라고 간청하지만 거절당하고, 이에 격분한 박중림이 세조를 죽이려 하나 오히려 손부의 손에 죽고 만다. 손부는 자신의 손으로 직접 시할아버지를 죽이면서까지 세조에게 아이의 생명을 다시 간청하나 세조는 아들을 낳으면 죽이고, 딸일 경우 살려주겠노라고 약속한다. 그 사정을 알게 된 이 집의 종은 방금 태어난 자신의 아이와 바꿔치기해서 종의 아이를 대신 죽게 만들고 주인님의 아이를 살려냄으로써 주인님의 가문을 잇게 하자고 간청한다. 손부는 아들을 낳았으나 종의 자식과 바꿔치기하여 마침내 아들을 살려낸다. 물론 졸지에 자식을 잃은 여종

* 이하 내용은 김만수, 「오태석 연극에서 '상처 입은 화자'의 의미와 기능」, 『문학치료연구』, 2015. 7에서 발췌함.

은 실성하여 아이를 부르면서 떠돌아다닌다. 단종의 죽음 이후, 다시 종이 어린아이를 안고 세조 앞에 와서 이 아이가 박팽년의 손자임을 고백한다. 그러나 세조는 하늘의 뜻이 사람의 의지와 다름을 깨닫고 결국 그 아이를 살려준다. 엄청난 살육 속에서 박팽년의 자식 하나가 살아남은 것이다.

세조는 단종을 폐위하고 왕위를 차지하는 과정에서 숱한 살육을 저지르는데, 그 결과 사육신 등의 "허공에 뜬 헛것들"에게 끊임없이 시달림을 당한다. 작품의 곳곳에서 세조는 헛것들에 시달리는 모습을 보인다.

> 벌판 저쪽에서 패싸움이라도 하는 듯한 설레임 소리. 세조는 마치 허공에 뜬 헛것들하고 대치하는 듯도 하다.*

세조의 이러한 심리적 상처는 치유가 거의 불가능한 것으로 보인다. 신숙주는 단종이 아직 살아 있기 때문에 세조가 시달리고 있다고 판단하여 왕방연을 앞세워 단종을 죽게 하지만, 단종의 제거만으로 세조의 악몽이 치유될 수는 없다. 세조의 악몽은 자신이 저지른 숱한 살육에 대한 죄의식에서 비롯되기 때문이다.

결말 부분에 이르러, 세조는 박팽년의 자손이 살아남게 된 비밀을 알게 되지만, 이를 용서하고 아기를 살려둠으로써 스스로 마음의 위안을 얻는다. 그제서야 비로소 살육과 그로 인한 공포가 다소나마 정화되는 것이다. 죽음의 본능을 넘어서는 '태'의 의미를 발견하게 되는 장면을 인용해볼 필요가 있다.

---

* 오태석, 「태」, 『백마강 달밤에』, 평민사, 1994, 59쪽.

세조: 어명을 어기어 이것이 태어났네. 과인의 손이 미치지 못하니 어쩌겠나. (안고서) 이것의 손이 산호가지 같으니 일산(壹珊)이라 부르도록 하고 취금헌 박팽년의 후손으로 대를 잇도록 하여라. 어명이다.*

우리가 주목해야 할 것은 박팽년의 자식 하나를 살려줌으로써, 세조 또한 치유의 가능성을 얻게 된다는 점이다. 조카를 죽이고 왕위에 오른 세조에게 심리적 상처가 없을 리 없다. 셰익스피어의 「맥베스」에서 왕을 죽이고 왕위에 오른 맥베스와 그의 부인이 악몽에 시달리듯, 세조는 끔찍한 악몽에 시달린다. 조카인 단종을 몰아내고 임금의 자리에 오른 세조는 얼마 못 가 몹쓸 괴질에 걸리게 된다. 일설에 의하면, 단종의 어머니 현덕왕후가 세조의 꿈에 나타나 침을 뱉었는데, 이후 세조는 몸에 종기가 나는 피부병에 걸려 고생했다고 한다(피부병에 대한 설화는 세조의 심리적 상처의 근원을 잘 보여준다).

강원도 오대산 상원사 오르는 길목에는 피부병에 걸린 세조가 목욕하기 위해 벗어둔 옷을 걸어두었다는 '관대걸이'가 남아 있는데, 상원사에는 이와 관련된 두 개의 일화가 전한다.

세조, 문수보살을 친견하다

세조는 영험하기로 이름난 상원사에 기도를 드리고자 오대산을 찾아와 먼저 월정사를 참배하고 상원사로 향했다. 도중에 더위를 식히고자 신하들을 물리치고 청량한 계곡물에 몸을 담갔다. 그때 마침

---

* 오태석, 위의 책, 74쪽.

동자승이 지나가기에 등을 씻어달라는 부탁을 하였다. 시원스레 등을 씻는 동자승에게 세조는 "임금의 옥체를 씻었다고 말하지 말라" 하였다. 그러자 동자는 한술 더 떠서 "대왕도 문수보살을 보았다고 말하지 말라" 하고서는 홀연히 사라졌다. 혼미해진 정신을 가다듬은 세조가 몸을 살피자 종기가 씻은 듯 나았다.

세조의 목숨을 구한 고양이

상원사에서 병을 고친 세조는 이듬해 다시 상원사를 참배하였다. 예배를 하러 법당에 들어가는데, 별안간 고양이 한 마리가 튀어나와 세조의 옷을 잡아당기면서 못 들어가게 막았다. 퍼뜩 이상한 예감이 든 세조는 법당 안을 샅샅이 뒤지게 했다. 과연 불상을 모신 탁자 밑에 칼을 품은 자객이 숨어 있었다. 자객을 끌어내 참수한 세조는 자신의 목숨을 건진 고양이에게 전답을 하사하였다. 상원사 뜰에 있는 고양이 석상은 이와 같은 고사와 관련된 것이다.*

이러한 일화들은 세조가 조카와 많은 신하들을 죽였다는 죄책감으로 인해 피부병은 물론 많은 심리적 질환을 앓고 있었으며, 자객을 걱정해야 할 만큼 아직도 지독한 원한 관계에서 헤어나지 못했음을 보여준다. 그러나 세조는 상원사에 시주하고 많은 공덕을 베풂으로써 이러한 심리적 상처에서 벗어나려 했던 것으로 보인다. 위의 '세조, 문수보살을 친견하다'를 보면, 세조는 동자승으로 변한 문수보살로부터 용서를 받은 것으로 보인다. 문수보살이 세조의 상처를 어루만져주었고, 이로 인해 피부병이 나았다는 것

---

* 한국문화유산답사회, 『답사여행의 길잡이3 – 동해 · 설악』, 돌베개, 1994.

은 세조의 죄악이 문수보살에 의해 용서받았고, 이제 심리적 상처에서 벗어날 수 있게 되었음을 의미하는 것이기 때문이다.

한 아이를 부둥켜안고 파안대소하는 세조의 모습은 고통의 완전한 치유는 아니되, 고통의 치유를 위한 과정에 그가 놓여 있음을 보여주는 것이다. 어쨌든 세조가 살육의 심리적 고통에서 벗어나 점차 정상적인 상태로 복귀하기를 바라는 작가의 이러한 마음은 위에서 인용한 상원사에서의 두 설화와도 상통하는 것으로 보인다.

3. 상처에서 치유까지

장님 예언자 테레시아스는 그리스 신화의 곳곳에 출현하지만, 특히 '상처 입은 화자'로서의 형상이 강조된 것은 소포클레스의 연극 「외디푸스 왕」에 이르러서이다. 테레시아스는 한 치 앞도 보지 못하는 눈먼 자이지만, 외디푸스의 미래를 훤히 다 알고 있다. 소포클레스의 이 작품에서 주인공 외디푸스는 자신의 어머니이자 아내이기도 한 이오카스테가 자살한 이후, 스스로 눈을 찔러 장님이 된다.

사실 이 대목은 약간 의아스럽다. 아버지를 살해하고 어머니와 결혼한 끔찍한 패륜이 밝혀진 현장에서라면, 외디푸스는 마땅히 스스로 목숨을 끊었어야 옳은 것으로 보인다. 농담 삼아 말하자면, 주인공은 죽지 않아야 속편을 제작할 수 있으므로 외디푸스를 쉽사리 죽게 만들어서는 안 된다는 답변을 할 수 있지만, 그것만으로는 조금 불충분한 답변이 된다.

다시 서둘러 이에 대해 답하자면, 외디푸스는 실명(失明)을 통해서 또 하나의 테레시아스가 된 셈이다. 이제 그는 '실명'이라는 상처를 가진 존재가 되었기에, '상처 입은 화자'로서 자신의 상처에 대해 말할 자격이 생긴 셈이다. 그 상처는 소포클레스의 후속작 「콜로노스의 외디푸스」의 출발이 된다. 우리는 외디푸스의 상처를 '방법으로서의 상처'라고 명명해볼 수도 있을 것이다. 그는 상처가 생겼기 때문에 스토리텔러로서의 자격이 생긴 셈이다.

우리는 오태석의 「태」에서 조카를 죽이고 신하를 죽인 세조의 상처를 다룬 바 있다. 그는 상처가 있었기 때문에 드라마의 주인공이 될 수 있었던 게 아닐까. 이는 소월의 상처가 시집 『진달래꽃』의 출발점이 되는 것과도 상통한다고 볼 수 있다.

재탄생의 기호학:
김승옥 시나리오 「안개」를 중심으로

1. 영웅의 길, 인간의 길

동서양의 신화와 종교의 비의를 파헤치고자 했던 신화학자 조셉 캠벨은 저서 『천의 얼굴을 가진 영웅』에서 태양신 아폴로, 동화 속의 개구리 왕, 튜튼족의 신 오딘, 부처, 그 밖의 여러 종교와 민담에 등장하는 주인공들을 다룬다. 비정상적으로 태어나 어린 시절 환란을 겪고 방황과 모험을 거듭한 끝에 마침내 자신의 소명을 수행하기 위해 제자리로 돌아오는 영웅의 삶을 그는 출발(departure), 입문(initiation), 귀환(return)의 구조로 설명한다.*

그의 저서는 대작 「스타워즈」 시리즈를 기획하고 제작한 조지 루카스 감독이 그에 대한 경의를 표하면서 대중적으로 널리 알려졌다. 예를 들어 「스타워즈」에 등장하는 주인공 루크 스카이워커는 공화국을 재건하고 레아 공주를 구출해야 하는 소명을 수행하

* 조셉 캠벨, 이윤기 역, 『천의 얼굴을 가진 영웅』, 민음사, 1999.

는 과정을 통해 더욱 성숙된 제다이(기사)로 재탄생한다는 것이다. 조셉 캠벨은 영웅이 걸어가게 될 길을 다음의 17개 행로로 정리한다.

> 출발 : 영웅에의 소명→소명의 거부→초자연적인 조력→첫 관문의 통과→고래의 배
>
> 입문 : 시련의 길→여신과의 만남→유혹자로서의 여성→아버지와의 화해→신격화→홍익(弘益)
>
> 귀환 : 귀환의 거부→불가사의한 탈출→외부로부터의 구조→귀환 관문의 통과→두 세계의 스승→삶의 자유

그가 정리한 17개의 행로는 모든 대중적인 흥행물의 공식인 양 오도되어 최근에는 이러한 행로를 영화, TV 드라마의 서사 분석에 기계적으로 적용하는 일종의 유행을 낳기도 했다. 그러나 이 책에서 가장 흥미로운 부분은 그가 말하는 영웅(hero)이 전투를 승리로 이끌고 공동체를 구하는 남성적인, 전투적인 영웅에 국한되어서는 안 된다는 저자의 생각이다. 영웅은 '천 개의 얼굴'을 가지고 다양하게 출현한다는 것이다. 사냥에 성공하고 전투에서 승리하고 많은 부와 권력을 쟁취한 자가 영웅이 아니라, '온전한 자기'의 세계로 돌아오는 자, 그의 도식에 따르면 17번째의 단계에 해당하는 '삶의 자유'를 얻은 자만이 진정한 영웅이라는 것이다.

우리 주변에 영웅은 어떻게 존재하는가. 할리우드 영화에 등장하는 각종 슈퍼맨, 배트맨, 스파이더맨, 원더우먼, 어벤저스들이 영웅인가. 아니면 자신의 주어진 한계 속에서 자신의 삶을 지탱하기 위해 매일 고투하며 살아가는 평범한 일상인들이 영웅인가. 조

섭 캠벨의 입장에 따르면, 진정한 영웅은 근육질의 전사가 아니라 자신의 소명에 따라 그 길을 걸어가는 묵묵한 일상인들일지도 모른다. 예컨대 마하트마 간디. 그는 소금에 세금을 부과하는 영국 제국주의의 통치에 저항하고자 자신이 스스로 소금을 얻기로 결심하고, 3개월을 걸어 소금이 있는 바다까지 걸어간다. 이른바 '소금 행진(Salt March)'으로 알려진 그의 말없는, 조그마한 실천이 결국 영국을 이겨낸 셈이다.

필자는 『천의 얼굴을 가진 영웅』을 처음 읽어나가면서, 왜 저자가 귀환(return)이라는 대목에 많은 비중을 두고 길게 논의를 이끌어가는지 이해할 수 없어 짜증을 낸 적이 있다. '소명'을 받아들이고 '입문'하여 결과를 성취했으면 그것으로 영웅의 소임을 다했다고 생각했기 때문이다. 그러나 결과를 얻었다고 해서 영웅의 길이 끝난 것은 아니다. 이제 '영웅 전사의 길'에서 내려와 다시 '인간의 길'로 귀환해야 하기 때문이다. 인생의 생로병사를 목도하고 진리의 길을 찾아 나선 사카무니 왕자는 보리수 밑에서 진리를 얻었지만 그가 귀환하지 않았다면 그가 얻은 진리는 만인의 것이 되지 못하고 갇혀 있는 개별자로서의 사카무니의 것에 그쳤을 것이다.

필자는 조셉 캠벨의 '출발-입문-귀환'의 이야기를 무당들이 걸어가는 '영신-접신-송신'의 길과 겹쳐 읽기로 결심했다. 시인 김소월이야말로 시련의 길에서 출발하여 그들을 만나고 다시 일상으로 귀환하는 자에 해당하기 때문일 것이다.

이 글에서는 김소월의 시보다는 김승옥의 소설 「무진기행」과 이의 영화적 각색 「안개」를 중심으로 논의를 이어나가고자 한다.

2. 삶과 죽음의 경계

1964년 『사상계』에 발표된 김승옥의 단편소설 「무진기행」은 1967년 김승옥 자신에 의해 시나리오로 각색되고 같은 해 김수용 감독에 의해 「안개」(태창흥업)라는 이름으로 영화화되었다. 주지하다시피, 소설 「무진기행」은 한국 단편문학의 대표작으로 내걸 만한 수작이며, "감수성의 혁명"(유종호), "귀향형 소설의 전범"(김윤식) 등의 높은 평가를 받았다.* 물론 이를 각색한 영화 「안개」 또한 예술성과 흥행성을 두루 얻어낸 수작으로 평가되었다.

우리는 이 작품에서도 '삶과 죽음'의 경계를 발견할 수 있다. 이 작품은 주인공이 서울을 떠나 '안개'로 가득 찬 고향 무진으로 돌아갔다가 다시 서울로 돌아오기까지의 여정을 다루고 있지만, 필자의 관점에 따르면 이 작품의 주인공은 '안개'로 대표되는 죽음의 단계를 거쳐 새롭게 재충전, 재탄생되어 서울로 돌아온다.**

일반적으로 모든 서사의 구조는 '질서→무질서→질서'의 상태로 진행된다. 그레마스의 개념인 서사 프로그램에 따른다면, 서사의 구조는 주인공과 대상 사이의 '결합→분리→결합'으로 이루어진다.*** 소설 「무진기행」의 구조를 거의 그대로 반복하고 있는

---

* ①유종호, 「감수성의 혁명」, 『현실주의 상상력』, 나남, 1991, 86쪽. ②김윤식·정호웅, 『한국소설사』, 예하, 1993, 357쪽.

** 이하 내용은 김만수, 「김승옥 시나리오 「안개」의 구조와 장면 분석」, 『한국현대문학연구』, 2013. 8에서 발췌함.

*** 그레마스의 용어 'conjunction'과 'disjunction'은 그간 '연접'과 '이접'이라는 용어로 번역되어왔다. 그러나 어휘사전에 없는 연접이나 이접보다는 '결합'과 '분리'로 번역하는 것이 이해에 도움이 된다.

시나리오 「안개」의 구조 또한 이러한 구성을 따르고 있는데, 이러한 서사 프로그램이 '서울→무진→서울'이라는 공간의 이동으로 구성된 점이 특징적이다.

물론 이 서사 프로그램에서 주체가 만나게 되는 중요한 대상은 '안개'이다. 주인공은 서울에서 분리되는 순간 '안개'를 만나는데, 그렇다면 이 구조는 '안개와의 결합'에서 시작되어 '안개와의 분리'로 끝나는 셈이다. 바슐라르의 상상력 이론에 의하면, '안개'는 '물'과 '공기'의 혼합물이다. 물은 하강하며 공기는 상승한다는 점에서 물과 공기는 서로 다른 대립쌍을 이루는데, 이 작품에서의 '안개'는 액체/기체의 혼합인 동시에 상승/하강, 이상/현실, 투명/불투명의 혼합물로서 '반투명의, 점액질의, 일시적인, 비정형적인' 카오스인 동시에, 이 작품을 관류하는 중요한 의미소(sememe)로 사용된다. '안개'는 이 작품의 제목이자 이 작품의 모든 서사를 관류하는 중요한 의미소이다. 주인공이 긴 독백을 하는 「안개」의 결말 부분을 잠시 인용하기로 한다.

> #75. 이모집 건넌방(아침)
> 전보를 만지작거리는 윤의 슬픈 눈.
> 윤(E): 한번만 마지막으로 한번만…… 이 무진을, 안개를, 외롭게 미쳐가는 것을, 유행가를, 술집 여자의 자살을, 배반을, 무책임을 인정해주기로 하자! 마지막으로 한번만이다. 꼭 한번만.*

* 김승옥, 「안개」, 영화진흥공사 기획·엮음, 『한국시나리오선집』 제4권, 집문당, 1990. 본고의 인용은 이 책에 의거함.

주인공의 긴 독백은 이제 마지막으로 안개를 인정하겠다는 것, 그리고 상경 이후에는 안개를 부정하겠다는 다짐으로 들린다. '안개'의 세계에서 빠져나가 다시는 '안개'의 세계로 돌아오지 않겠다는 다짐인데, 여기에서도 '안개'는 무진이라는 공간, 술집 여자의 자살이나 하인숙의 유행가 등의 사건, 주인공의 배반과 무책임을 모두 감싸 안는, 중요한 의미소로 기능한다.

숨 가쁘게 단절되고 연속되는 여러 차례의 쉼표로 구성된 윤의 독백은 무진에서의 안개를 구성하는 모든 사건들이 환유적 질서화를 통해 '무진=안개=외롭게 미쳐가는 것=유행가=술집 여자의 자살=배반=무책임'이라는 하나의 계열체를 형성한다.

3. '비-삶'과 '비-죽음'의 영역: 기호사각형 적용의 필요성

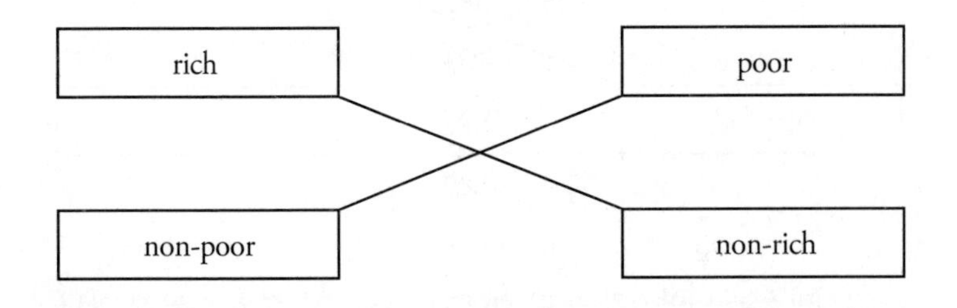

프랑스의 기호학자 그레마스는 'rich'의 반대 개념으로 'poor'를 연상하는 고정관념에 대해 새로운 발상을 제안한다. 이 세상에는 'rich'와 'poor'에 해당하지 않는, 중간 영역이 훨씬 많다는 것이다. 중산층이야말로 "나는 그리 부자는 아니지만, 그렇다고 아주

가난한 것도 아니다"의 세계에 속한다는 것이다. 그의 유명한 기호사각형(semiotic square) 모델은 'rich'와 'poor' 사이에 개입할 수 있는 여러 영역을 사유할 수 있도록 돕는다. 그는 'rich'와 'poor'의 관계를 '반대(contrary)' 개념이라 칭하고, 'rich'와 'non-rich'의 관계를 '모순(contradictory)' 개념이라 칭한다.

일반적으로 볼 때, '삶'의 '반대(contrary)' 개념은 '죽음'이다. 그러나 그레마스는 이와는 다른 새로운 대립쌍을 제시하는데, 그것은 '모순(contradictory)'개념으로서의 '비-삶'이다. 그레마스가 제시한 '비-삶'은 '삶이 아닌 모든 것'을 포함하는 것이므로, 논리학적 용어를 빌면 '삶'의 '모순' 개념에 해당한다.* 이러한 제안에 따라, 시나리오 「안개」를 반대, 모순의 관계로 그리면 다음과 같다.

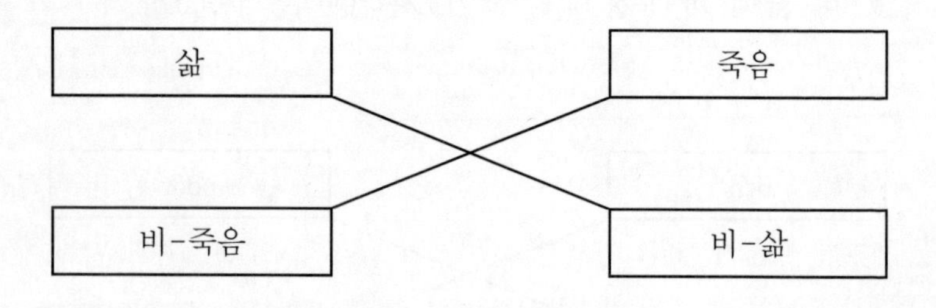

그레마스는 이야기가 반대 개념의 대립으로 성립되는 게 아니라, 반대 개념과 모순 개념의 복합적인 형태로 전개된다는 점을 주목한다. 그의 설명을 '삶'과 '죽음'에 적용해보면 너무도 단순하게 이야기의 서사 행로가 점쳐진다.

---

* '반대'와 '모순'에 입각한 기호사각형에 대해서는 그레마스, 김성도 편역, 『의미에 관하여-기호학적 시론』, 인간사랑, 1997, 179~181쪽.

완벽한 삶과 완벽한 죽음은 이야기를 생성해내지 못한다. 완벽한 죽음은 이야기의 종말이며, 완벽한 삶은 더 이상 이야기가 필요 없는 단계이기 때문이다. 오히려 이야기의 생성은 살아 있음에도 불구하고 죽음의 상태와 다를 바 없는 '비-삶'의 단계, 생물학적인 죽음 이후에도 강렬하게 살아남아 있는 '비-죽음'의 단계에서 활발하게 이루어진다. 많은 이야기들은 죽지 못해 살아가는 사람들의 한 많은 사연을 다루기도 하고, 죽었음에도 불구하고 사람들의 뇌리에 남아 있는 영웅과 성자, 혹은 애틋한 가족에 대한 기억들을 다루기도 한다. 김소월의 『진달래꽃』야말로 삶과 죽음의 경계에 놓인 '죽지 못해 사는 산 자'와 '죽었음에도 불구하고 여전히 살아 있는 죽은 자'를 다루고 있지 않은가.

이처럼 이야기는 삶과 죽음 자체보다는 그 모순 관계에 있는 '비-삶'과 '비-죽음'이 개입될 때 풍부해진다. 그래서 그레마스는 '삶 : 죽음' 외에도, '비-삶'과 '비-죽음'이라는 요소를 설정하고 이를 '중립항'이라고 명명한 다음, 이들 사이를 옮겨 다니는 인물(좀더 넓은 개념으로는 행위소)들의 행로를 추적하고자 한 것이다.* 예컨대 어떤 이야기는 '삶'에서 시작하여 '비-삶'의 단계를 거친 다음 '죽음'에 이른다. 어떤 이야기는 '죽음'에서 시작하여 '비-죽음'의 단계를 거친 다음 '삶'에 이른다. 또한 어떤 이야기는 이러한 두 개의 이야기가 한 이야기 속에서 동시에 진행되기도 한다.

「안개」에서 주인공 윤희중의 서울에서의 '삶'은 기실 '비-삶'의 단계에 불과함이 금방 드러난다. 주인공은 서울을 떠나 침체되

* 그레마스는 모파상의 단편 「두 친구」를 대상으로 삶과 죽음을 둘러싼 네 가지 구조의 중첩을 분석한 바 있다. 안느 에노, 홍정표 역, 『기호학으로의 초대』, 어문학사, 1997, 127쪽.

고 활력을 잃은 무진에 도착함으로써 자신이 처한 '비-삶'의 단계가 '죽음'의 단계를 포함하고 있다는 점을 절감한다. 주인공은 무진에 들어서자마자 '죽음'과도 같은 수면에 빠진다. 그러나 주인공은 마치 '죽음'과도 같은 무진에서 하인숙을 만남으로써 '비-죽음'의 단계를 꿈꿀 수 있게 된다. 주인공은 하인숙과 사랑을 나눌 때, 그리고 하인숙에게 서울행을 약속하는 계약 단계에 이를 때 '비-죽음'에서 다시 '삶'으로 향하는 듯한 희열을 느끼게 된다. 물론 그의 서사 행로는 실패하며 여전히 그는 '비-삶'과 '비-죽음'의 단계를 헤매고 있다.

이런 면에서 주인공의 처지는 죽음에 안착하지 못하고 떠도는 중음신(中陰神)의 운명과도 유사하다. 예컨대 서울에서의 분주한 모습을 그린 첫 장면은 '삶'을 포착한 것이지만, 사실은 그 자체가 '비-삶'의 출발점이다. 또한 본고에서는 무진에 도착하자마자 악몽을 동반한 긴 수면을 취하는 부분을 상징적인 '죽음'의 단계에 해당한다고 본다. 긴 잠에서 깨어난 주인공은 '죽음'을 넘어서기 위해 '비-죽음'의 단계에 진입한다. 젊은 여교사 하인숙을 만나는 것, 젊은 시절의 친구인 국어 교사와 세무서장을 만나는 것 또한 '비-죽음'의 단계로 이행해가는 긴 과정이다.

4. 죽음과도 같은 잠을 거쳐 재탄생하기

제목이 상징적으로 드러내듯 소설 「무진기행」이 비교적 안전한 '기행'의 형식을 띠고 있는 반면, 영화 「안개」는 좀더 위험한 '여행과 귀환(voyage and Return)'의 플롯에 가깝다.* 소설에서는 안개의 모습 등이 관념적으로 묘사될 뿐이지만, 영화에서는 시야를 가릴 만한 짙은 안개로 표상되기 때문이다. 또한 영화 속의 주인공은 소설 속의 주인공보다 더 위험한 장소에 있는 것처럼 보인다. 영화 속에 담긴 밤중의 골목길, 뚝방길, 학교 건물 등은 괴기와 공포의 감정마저 불러일으킨다.

신화학자 조셉 캠벨은 '천 개의 얼굴을 가진 영웅'으로서의 주인공이 떠난 여행지가 매우 위험한 곳이어야 함을 강조한다. 이들 공간은 고래 뱃속에 갇힌 요나의 이야기에서 알 수 있듯, 어둡고 물컹하고 혐오스러운 곳으로 상정되는 경우가 흔하다. 형체가 분명하지 않고 점액질적인 성격을 가진 이 공간은 생명체 이전의 카오스를 상징하는데, 이곳을 거친 주인공은 상징적인 '죽음'을 거쳐 좀더 강한 존재로 '재탄생'한다.**

서울로 돌아온 「안개」의 주인공 '윤희중'에 대해 다시 평가해보자. 우리는 그가 하인숙을 배신했고, 다시 아내와 장인에 얽매인 꼭두각시 인생을 살게 될 것이라며 그를 비난할 수도 있고, 혹은 그의 처지를 동정할 수도 있다. 그러나 이렇게 생각해볼 수도 있지 않을까. 그는 무진에서 '안개'라는 카오스를 경험했다. 태초부터 지금까지 무진을 지배했을 안개는 단순한 요괴는 아니며, 형체가 불분명하지만 점액질, 자궁의 이미지를 공유한 생명의 원천이지 않을까. 서울 생활에 지친 '윤'은 무진에서 자궁과도 같은 편안

* '여행과 귀환'은 일반적인 기행, 혹은 탐색담과는 조금 다르다. '여행과 귀환'의 여행은 우연적인, 덜 의도된 여행이지만, 그러나 장난스러운 동시에, 좀더 격렬하고 신비한 여행이다. 이에 대해서는 Christopher Booker, *The Seven Basic Plots: Why We Tell Stories*, Continuum, 2010, pp.87~106.

** 조셉 캠벨, 위의 책, 120~128쪽.

함, 이성적인 투명함이 차단된 우윳빛의 휴식 공간, 점액질의 재탄생 공간을 경험하지는 않았을까. 무진에서의 며칠간 경험이 그간 세속의 스피드에 시달려온 그의 육체와 영혼을 정화했으리라는 짐작도 든다. 견딜 만한 고통은 오히려 약이 되기 때문이다.

우리가 「안개」의 주인공이 겪는 죽음의 입문의례를 김소월의 『진달래꽃』이 보여주는 지하세계 여행과 겹쳐 읽는 이유는 여기에 있다.

| 참고 문헌 |

1차 자료

金素月, 『진달내쏫』, 賣文社, 1925.(초판본 오리지널 복사본, 소와다리, 2015)

엄동섭, 웨인 드 프레메리, 『원본 『진달내꽃』과 『진달내쏫』 연구』, 소명출판, 2014.

김종욱, 『원본 소월전집(상/하)』, 홍성사, 1982.

오하근 편, 『정본 김소월전집』, 집문당, 1995.

오하근 편, 『원본 김소월전집』, 집문당, 1995.

김용직 편저, 『김소월전집』, 서울대학교출판부, 1996.

최동호 책임편집, 『진달래꽃(외)』, (주)범우, 2005.

김인환 책임편집, 『김소월』, 휴먼앤북스, 2011.

오태석, 『백마강 달밤에』, 평민사, 1994.

김승옥, 「안개」, 영화진흥공사 기획·엮음, 『한국시나리오선집』 제4권, 집문당, 1990.

단행본

계희영, 『藥山 진달래는 우련 붉어라』, 문학세계사, 1982.

권영민 편저, 『소월 탄생 100주년 기념문집: 평양에 핀 진달래꽃』, 통일문학, 2002.

김병선·전정구, 『소월의 시어와 그 쓰임새(1-2)』, 한국문화사, 1994.

김병선, 『소월의 시어와 그 쓰임새(3)』, 한국문화사, 1994.

김영석, 『한국 현대시의 논리』, 삼경문화사, 1999.

김윤식, 「근대시사 방법론 비판」, 『김윤식 선집5』, 솔, 1996.

김윤식·정호웅, 『한국소설사』, 예하, 1993.

김학동, 『김소월 評傳』, 새문사, 2013.

신동욱 편, 『김소월』, 문학과지성사, 1981.

송희복, 『김소월 연구』, 태학사, 1994.

양종승, 『샤머니즘의 윤리사상과 상징』, 민속원, 2014.

오세영, 『김소월, 그 삶과 문학』, 서울대출판부, 2000.

오세영, 『꿈으로 오는 한 사람』, 문학세계사, 1981.

유종호, 「감수성의 혁명」, 『현실주의 상상력』, 나남, 1991.

윤주은, 『김소월시 원본연구』. 학문사, 1991.

이경식, 『아리스토텔레스의 『시학』과 고전주의』, 서울대학교출판부, 1997.

이능화, 서영대 역주, 『조선무속고』, 창비, 2008.

조동일, 윤주은 편, 『김소월시선연구』, 학문사, 1980.

조흥윤, 『한국의 샤머니즘』, 서울대학교출판부, 1999.

최길성, 『한국의 무당』, 열화당, 1981.

한계전 외, 『시집이 있는 풍경』, 위즈북스, 2003.

한국극예술학회 편, 『오태석』, 연극과인간, 2010.

한국문화유산답사회, 『답사여행의 길잡이3 – 동해 · 설악』, 돌베개, 1994.
구스타프 융, 한국융연구원 C.G. 융 저작 번역위원회 역, 『영웅과 어머니 원형』, 솔, 2006.
그레마스, 김성도 편역, 『의미에 관하여 – 기호학적 시론』, 인간사랑, 1997.
노베르트 엘리아스, 김수정 역, 『죽어가는 자의 고독』, 문학동네, 1998.
라이너 마리아 릴케, 김용민 역, 『말테의 수기』, 책세상, 2000.
미르치아 엘리아데, 이윤기 역, 『샤마니즘 – 고대적 접신술』, 까치, 1992.
M. 엘리아데, 이은봉 역, 『성과 속』, 한길사, 2004.
佐佐木宏幹, 김영민 역, 『샤머니즘의 이해』, 박이정, 1999.
수전 손택, 이재원 역, 『은유로서의 질병』, 이후, 2002.
아리스토텔레스, 천병희 역, 『시학』, 문예출판사, 1994.
안느 에노, 홍정표 역, 『기호학으로의 초대』, 어문학사, 1997.
조셉 캠벨, 이윤기 역, 『천의 얼굴을 가진 영웅』, 민음사, 1999.
프로이트, 한승완 역, 『나의 이력서』, 열린책들, 1997.
프로이트, 정장진 역, 『창조적인 작가와 몽상』, 열린책들, 1996.
V. Y. 프로프, 최애리 역, 『민담의 역사적 기원』, 문학과지성사, 1990.
Christopher Booker, *The Seven Basic Plots: Why We Tell Stories*, Continuum, 2010.
Sylvan Barnet, Morton Berman, William Burto, *Types of Drama*, HarperCollinsCollegePublishers, 1993,
Stith Thompson, *The Folktale*, Holt, Rinehart and Winston, 1946.

Arthur W. Frank, *The Wounded Storyteller - Body, Illness and Ethics*, The University of Chicago Press, 1995.

논문

김만수, 「김소월 시집 『진달래꽃』에서 송신(送神)의 양상과 의미」, 『건지인문학』, 2015. 6.

김만수, 「김소월의 『진달래꽃』과 샤마니즘」, 민족문학사학회, 『민족문학사연구』, 2003. 12.

김만수, 「김승옥 시나리오 「안개」의 구조와 장면 분석」, 『한국현대문학연구』, 2013. 8.

김만수, 「오태석 연극에서 '상처 입은 화자'의 의미와 기능」, 『문학치료연구』, 2015. 7.

김헌선, 「한국 문화와 샤머니즘」, 『시안』, 2002. 겨울.

신범순, 「샤머니즘의 근대적 계승과 시학적 양상—김소월을 중심으로」, 『시안』, 2002. 겨울.

이기문, 「소월 시의 언어에 대하여」, 『심상』, 1982. 12.

이옥련, 「소월시의 시어고:무속의 시어화」, 숙명여대 대학원, 1986.

장석남, 「김소월 시집 『진달래꽃』의 유기적 구성에 대한 연구—「산유화」의 발생 전후」, 인하대학교 대학원, 2002.

남기혁, 「김소월 시에 나타난 근대 풍경과 시선의 문제—식민지적 근대와 시선의 계보학」, 한국언어문학회, 『어문론총』, 2008.12.

이혜원, 「김소월과 장소의 시학」, 『상허학보』, 2006. 6.

『진달래꽃』 다시 읽기

1판 1쇄 발행 | 2017년 8월 31일

지은이 | 김만수
펴낸이 | 정홍수
편집 | 김현숙 이진선
펴낸곳 | (주)도서출판 강
출판등록 | 2000년 8월 9일(제2000-185호)

주소 | 서울시 마포구 동교로 17안길 21(우 04002)
전화 | 02-325-9566
팩시밀리 | 02-325-8486
전자우편 | gangpub@hanmail.net

값 17,000원
ISBN 978-89-8218-224-2 03800

이 도서의 국립중앙도서관 출판예정도서목록(CIP)은 서지정보유통지원시스템 홈페이지(http://seoji.nl.go.kr)와 국가자료공동목록시스템(http://www.nl.go.kr/kolisnet)에서 이용하실 수 있습니다.(CIP제어번호: CIP2017019577)